La sombra en la ventana y otras historias de fantasmas

Louisa Baldwin

La sombra en la ventana y otras historias de fantasmas

Nueva traducción al español
traducido del inglés por Elisabeth Candina Laka

ROSETTA EDU

Título original: *The Shadow on the Blind and Other Ghost Stories*

primera publicación: 1895

Rosetta Edu Ltd.
© 2025 para la traducción al español: Elisabeth Candina Laka

Primera edición: Diciembre de 2025

Publicado por Rosetta Edu
Londres, diciembre de 2025
www.rosettaedu.com

ISBN: 978-1-83647-158-5

CLÁSICOS EN ESPAÑOL

Rosetta Edu presenta en esta colección libros clásicos de la literatura universal en nuevas traducciones al español, con un lenguaje actual, comprensible y fiel al original.

Las ediciones consisten en textos íntegros y las traducciones prestan especial atención al vocabulario, dado que es el mismo contenido que ofrecemos en nuestras célebres ediciones bilingües utilizadas por estudiantes avanzados de lengua extranjera o de literatura moderna.

Acompañando la calidad del texto, los libros están impresos sobre papel de calidad, en formato de bolsillo o tapa dura, y con letra legible y de buen tamaño para dar un acceso más amplio a estas obras.

Rosetta Edu
Londres
www.rosettaedu.com

ÍNDICE

A

MI AMIGO Y PARIENTE

RUDYARD KIPLING

Se dice que casi todo el mundo se enfadaría si otra persona
le asegurara que cree en fantasmas; sin embargo, casi nadie, cuando piensa para sus adentros, deja de creer en ellos.

—WALTER BAGEHOT

Harbledon Hall había permanecido vacío durante siete años. Durante siete años, no salió humo de sus chimeneas que diera señales del alegre hogar en su interior, no se escuchó ninguna voz o risa bajo su techo, ningún paso que cruzara su umbral. La hiedra y la enredadera de Virginia, que crecían sin control cubriendo las paredes y cegando las ventanas, hacían que la fachada de la casa pareciera abandonada y descuidada, como la cara de un hombre enfermo que se ha dejado crecer una barba andrajosa durante una larga enfermedad. Los alféizares de las ventanas estaban verdes por el goteo de la lluvia proveniente de los canalones obturados con las hojas en descomposición, y los ladrillos estaban teñidos con manchas oscuras de humedad. En cada aguilón y saliente del techo, y en las amplias chimeneas, los pájaros habían construido sus nidos sin ser molestados, a salvo del peligro de ser expulsados de sus cómodos cuarteles.

Y dentro de la casa, aunque el hombre había retirado su presencia de ella, otros inquilinos habían tomado posesión. Las ratas y los ratones gozaban a sus anchas por las habitaciones vacías y los pasillos, haciendo resonar el golpeteo de las patas, sus voces chirriantes y el rechinar de sus dientes. En mitad de la noche, audaces como habían crecido, se asustaban al enredarse en los cables que hacían resonar las campanas por toda la casa, y un ejército de ratas se precipitaba atropelladamente por la gran escalera, saltando unas sobre las espaldas de las otras, presas del pánico, como las vemos representadas en las ilustraciones de la famosa historia de Dick Whittington y su gato.

Si la desolación reinaba en Harbledon Hall, sus jardines iban regresando al estado de naturaleza salvaje, y el desmedido crecimiento de las malas hierbas estrangulaba y se elevaba sobre las flores y los arbustos. No se habían sembrado semillas, no se había cortado el césped, no se había cortado el seto ni podado los árboles y los arbustos en siete largos años, y los jardines que una vez fueron espacios organizados se habían convertido en un matorral enmarañado, donde el príncipe de las hadas podría buscar a la Bella Durmiente. Una zarza había brotado junto al reloj de sol y lo estrechaba en el abrazo espinoso, envolviéndolo entre sus ramas, y conseguía ocultarlo de la luz del día. La pila de piedra de la fuente en desuso se había convertido en un vivero de ranas jóvenes, que saltaban, nadaban y croaban sin ser molestadas, y la naturaleza se esforzaba por restablecer el dominio donde el hombre había retirado su mano cultivadora y restrictiva.

Era un día radiante de junio. El sol ardiente se derramaba sobre la frondosa maraña de los jardines de Harbledon Hall, el canto de los pájaros era puro alboroto, y el viento del suroeste los balanceaba en la rama. Incluso la vieja casa en un día así ofrecía su aspecto menos sombrío. Uno podría imaginar que hubo una vida familiar feliz dentro de sus muros, y parecía plausible concebir que pudieran volver a resonar las risas y las voces de los niños jugando.

Algún pensamiento similar debió de haber ocupado la mente del anciano caballero que viajaba en un carruaje abierto junto a su esposa, una señora de cabello gris pálido que iba sentada a su lado. El señor Stackpoole era un hombre de sesenta años, alegre y enérgico, de gustos y aversiones marcados e impulsos repentinos. Cuando vio la amplia fachada de Harbledon Hall con el tejado a dos aguas rojo brillando al sol, la enmarañada masa de enredaderas casi ocultando los pisos inferiores a la vista, le dijo al cochero que se acercara a las puertas de hierro de la entrada.

—Esta es una casa muy pintoresca, querida; me gustaría echarle un vistazo —le dijo a su esposa—. Puede ser el tipo de lugar que estamos buscando. —Se bajó del carruaje con la agilidad de un joven para leer el aviso pintado sobre la tabla decolorada por la intemperie que estaba sujeta a la puerta. «Para obtener el permiso de admisión para ver estas instalaciones, solicite al señor Judd, sacristán, junto a la iglesia». El señor Stackpoole regresó al carruaje y ordenó al cochero que condujera hasta la iglesia, cuya torre podían ver entre árboles, aparentemente a no más de medio kilómetro de distancia. Mientras se dirigían en el carruaje, prosiguió:

»Me gusta mucho el aspecto del lugar. Estoy seguro de que podría hacer algo con él. Disfrutaría simplemente poniéndome a trabajar en él para poner orden en el caos, y en seis meses me comprometería a llevar a cabo una transformación completa de la casa y los terrenos, y convertirlo en uno de los lugares más bonitos del vecindario. ¿Qué te parece, querida? ¿Eh?

La anciana de aspecto frágil a la que se dirigía no hizo más que una débil réplica, y el ferviente entusiasmo de su marido no se le transmitió en absoluto. Harbledon Hall se trataba de la sexta casa vieja de la que el señor Stackpoole se había enamorado en los últimos diez años, y desenamorado con la misma rapidez, después de poner en práctica su ingenio al ponerla en perfecto estado y vivir en ella por poco tiempo. Ahora que se había retirado del negocio y no tenía nada en particular que hacer, tenía por diversión buscar viejas casas de campo, repararlas y ponerlas a punto, y vivir en ellas el tiempo suficiente para inducir a su esposa a creer que por fin se había asentado, cuando hacía su aparición en él el demonio de la inquietud una vez más, y se lanzaba de nuevo a la vieja búsqueda.

Esta caza de casas, atraparlas y luego soltarlas para poder cazarlas en otro lugar, era naturalmente mayor entretenimiento para el señor Stackpoole de lo que podía serlo para su mujer y su hija. Pero la anciana se mostró paciente y tolerante, y cuando su hija dijo irritada:

—¡Oh, mamá, qué pena que tengamos que ser arrastradas por el país de esta manera! No llevamos un año en esta preciosa casa, y papá ya está cansado de ella, y buscando de nuevo una casa vieja y en ruinas para acondicionarla, ¡y abandonarla también, supongo!

La señora Stackpoole respondía:

—Olvídalo, Ella. Papá debe hacer lo que mejor le parezca. La emoción y el interés que halla cambiando de casa con frecuencia son necesarios para él ahora que ha terminado con los negocios; y recuerda, querida, él no tiene ocupaciones en el hogar para pasar el tiempo como tú y yo. —Pero Ella Stackpoole ahora estaba casada y se había instalado en una casa propia, y el único otro hijo estaba destinado junto a su regimiento en Malta.

Por lo tanto, cuando el señor Stackpoole se mostró repentinamente interesado ante la visión de Harbledon Hall, su esposa no alcanzó a sentir ningún entusiasmo al respecto. Su último hogar había sido en Cornualles, donde, después de pasar seis meses en su rincón más occidental, el señor Stackpoole descubrió lo que todos los demás siempre habían sabido: que se encontraba en una parte de Inglaterra definitivamente lluviosa. Apenas se habría sorprendido más por la cantidad de lluvia que cayó si hubiera sido en Egipto, y huyó a Londres para convertirlo en su cuartel general mientras buscaba una casa vieja que se adaptara a su gusto en el condado más seco de Surrey.

Y este brillante día de junio, él y su esposa conducían por el hermoso campo buscando casas, y cuanto más en ruinas se veía la casa, siempre y cuando su ojo experimentado viera capacidades de mejora al respecto, más atractiva le parecía al señor Stackpoole, para dar mayor cabida a su particular forma de genio. Era el suyo un pasatiempos costoso, y los forasteros se embolsaban el beneficio de aquel lujoso desembolso en casas que perfeccionaba, de las que se cansaba y tan pronto abandonaba.

Encontraron al señor Judd, el sacristán, sin mayor dificultad, porque, de hecho, se trataba de un objeto conspicuo, sentado en un gran sillón junto a la puerta de su casa; leía el periódico y daba sorbos de cuando en cuando a un vaso de aguardiente frío, con agua, que estaba a su lado sobre el alféizar de la ventana. Era una persona respetable en el pueblo, acostumbrada a perder el tiempo y el tiempo de los demás, pero el señor Stackpoole lo apresuró a subir al carruaje tan pronto como encontró las llaves y le obligó a una actividad desacostumbrada.

—El jardín es un desierto, señor —dijo el anciano, abriendo una de las grandes puertas de hierro—. Y han pasado cuatro años desde la última vez que alguien preguntó por el lugar.

—No será del gusto de todos, sabe; necesita un desembolso considerable antes de que sea apta para habitar —dijo el señor Stackpoole complacido mientras se inclinaba para desenredar una zarza de la falda de su esposa.

—¿Quiénes fueron los últimos inquilinos y cuánto tiempo vivieron aquí? —dijo, volviéndose hacia el anciano y haciendo dos preguntas a la vez.

—Sir Roland Shawe y su familia fueron los últimos, señor. Arrendaron el lugar con un contrato por veintiún años, y salieron, poco común, de repente cuando les quedaban cinco años aún por cumplir. Hubo muchas habladurías sobre lo que los hizo irse de aquella manera. —Judd abrió de par en par la puerta principal mientras hablaba, y entraron en un salón grande y elevado, oliendo a moho como si hubiera criptas debajo.

»La gente dijo que hubo otras razones para que una gran familia saliera de repente, como si estuvieran huyendo de la plaga. —El viejo sacristán parecía misterioso, y como si deseara ser interrogado sobre el tema. El señor Stackpoole, sin embargo, estaba demasiado interesado en caminar a lo largo del comedor como para notar cualquier pista que pudiera arrojar.

—Querida —le dijo a su esposa, que estaba descansando en el

asiento bajo de la ventana—. Tendremos todo este piso de roble pulido y alfombras persas colocadas a intervalos.

—Eso fue lo que hicimos en nuestra casa en Cumberland —dijo la señora Stackpoole suavemente—. Y si recuerdas, no te gustó cuando estuvo terminado. —Luego, volviéndose hacia el anciano, dijo:

—Nos iba a decir por qué sir Roland Shawe se fue tan repentinamente.

—Nunca creo más de lo que oigo, y no me fío de los cuentos, ya sean de amos o de sirvientes —dijo orgulloso el señor Judd—. Pero por lo que puedo ver, y el viejo Jemmy Judd puede ver a través de un muro de piedra tan bien como la mayoría de la gente, diría que los fantasmas estaban en el fondo de todo el asunto.

La señora Stackpoole sonrió ante la forma de expresarse del anciano, y luego miró inquieta a su esposo, quien rio a carcajadas, y salieron del comedor hacia las habitaciones del piso superior, las cuales estaba impaciente por explorar.

—Huyeron ante los fantasmas, ¿verdad? —dijo el señor Stackpoole, todavía riéndose de la idea. Si se supone que la casa está embrujada, aún me gustaría más por su reputación. —Y abrió la puerta de una habitación grande y baja, con una prominente chimenea de gran profundidad y una amplia ventana que dejaba entrar el sol a raudales.

—Tiene ciertamente un aspecto muy alegre —dijo su esposa, acercándose a la ventana y mirando hacia el jardín salvaje rodeado de setos de tejos descuidados—. ¡No hay nada fantasmal en esta habitación, en todo caso!

—¡Bah! ¡Por Dios, fantasmas! Quienes creen en ellos se merecen verlos —dijo el señor Stackpoole con desprecio—. Si nos quedamos con la casa, esta será tu habitación para las mañanas; obtendrás mucha luz del sol, lo cual es importante para ti; y si me gusta la habitación de debajo, la arreglaré como despacho para mí. E iban y venían del sótano al ático de la amplia vivienda, el señor Stackpoole encantado con las posibilidades del lugar, y anotando en su libro de bolsillo las dimensiones de las salas principales y del *hall* de la entrada.

—En todo caso, preguntaré en qué términos se alquila el lugar —dijo, después de pasar dos horas inspeccionando enérgicamente las instalaciones, y mientras deslizaba cinco chelines en la palma de la mano del señor Judd—. Por cierto, no he preguntado quién es el propietario.

—El propietario, señor, son muchos, no uno. —Y el anciano nombró una conocida compañía de la ciudad a la que pertenecía la propiedad.

—He alquilado a propietarios, arrendadores y administradores, pero nunca a una compañía: es lo mismo para mí, veré a su agente en la ciudad mañana—. Luego, el señor Stackpoole se despidió de la habitación de la planta baja, inmediatamente debajo de la luminosa habitación en la cabecera de las escaleras que había asignado al posible uso por parte de su esposa, y decidió que se adaptaba exactamente a sus necesidades. Después de lo cual se volvieron a la verja atravesando el laberinto descuidado del jardín.

—¿Y qué te ha parecido el aspecto de Harbledon Hall? —le preguntó a su esposa mientras se alejaban—. ¿Qué piensas de esta vieja casa?

—Confieso que su impresión no es muy favorable, aunque es una casa hermosa y bien construida, y podría ser muy cómoda, sin duda. Pero me dio una especie de escalofrío.

—También lo haría cualquier lugar, querida, que hubiera estado cerrado durante siete años. Lo estoy sintiendo ahora mismo en mi espalda; espero que no signifique un ataque de lumbago.

La señora Stackpoole sonrió ante la interpretación literal de sus palabras.

—No me refiero a ese tipo de escalofrío, sino a una especie de presentimiento inquietante que nunca he tenido antes en ninguna de las casas en las que tú y yo hemos estado juntos, y han sido cientos.

—¡Pero, Anna, no me vas a decir que el viejo sacristán te ha asustado con sus tontos chismes! No fue más que una tontería que inventó para darse más importancia. Si me quedo con el sitio, pondré un ejército de trabajadores de inmediato, y la próxima vez que lo veas, con unos buenos fuegos ardiendo en las habitaciones que quiten la humedad, ventanas brillantes y limpias, y con el trabajo de pintores y empapeladores, se verá muy diferente, te lo puedo asegurar. Cualquier casa que haya estado deshabitada tanto como Harbledon Hall tiene un aspecto desolador, pero con todas las posibilidades que veo en esta casa, podría convertirla en el lugar más bonito en el que hayamos vivido hasta la fecha. —Y la señora Stackpoole estuvo segura de que su marido se quedaría con la vieja casa.

Al día siguiente, cuando el señor Stackpoole vio al agente de la compañía, se sorprendió por el moderado alquiler que le pidieron por la casa. Ya sea que deseara tomarla en arrendamiento o como inquilino anual, la suma exigida era lo suficientemente pequeña como para despertar sospechas en los más incautos.

—¿Por qué pide un alquiler tan bajo por un lugar tan bonito y antiguo como ese? —preguntó.

—Necesita tanta obra por haber estado vacía tanto tiempo que supongo que la compañía está dispuesta a someterse a una cierta pérdida por el bien de tenerla habitada de nuevo.

—Pero con un alquiler tan bajo y tentador, ¿cómo es que no la han alquilado hace mucho tiempo?

—Ha habido un gran número de solicitudes por la casa.

—Ya veo. El anciano a cargo de las llaves que me mostró la casa ayer dijo que nadie se había interesado en cuatro años.

Una expresión peculiar pasó por el rostro del agente, pero no fue de sorpresa:

—¿Eso dijo él? He tenido muchas consultas.

—Ciertamente lo dijo. Era un anciano hablador y ansioso por impresionarnos con la idea de que sir Roland Shawe abandonó Harbledon Hall repentinamente, un tiempo considerable antes de que terminara su contrato de arrendamiento, como consecuencia de una noción absurda de que la casa estaba embrujada. A mí personalmente no me importa, pero mi esposa a veces se pone nerviosa, y pensé en preguntarle si sabía algo de alguna circunstancia inusual relacionada con su partida tan abrupta.

— ¡Judd es un viejo tonto y parlanchín! ¿Le dijo él mismo algo en concreto al respecto? —preguntó el agente.

—En realidad, no, pero dijo algunas tonterías sobre fantasmas que los alejaron del lugar.

—Cierto que hubo una historia absurda que circuló en aquel momento. Era una especie de abracadabra, de truco en relación a una linterna mágica, creo, ideado por los jóvenes para asustar a los sirvientes, con imágenes de un esqueleto en una sábana colgada en algún lugar. Todo fue una estúpida broma pesada, solo que muy buena, ya que el susto se extendió a las damas de la casa y, por supuesto, sir Roland tuvo que irse; hicieron que el lugar fuera demasiado incómodo para él. —Y el agente se rió ruidosamente.

»Lo he recordado todo ahora al hilo de sus preguntas. Los jóvenes Shawe sembraron el pánico para sus propios fines. El campo les resultaba demasiado tranquilo para ellos, querían vivir en Londres, así que con el simple aparato de una linterna mágica y una sábana asustaron a la familia y volvieron a la ciudad y obtuvieron lo que querían. Naturalmente, sir Roland, cuando lo descubrió no hablaría de ello, porque nadie se enorgullece de que lo ridiculicen. Y ahora, mi querido señor —dijo, con un aire de gran franqueza—, usted sabe tanto sobre esta locura infantil como yo mismo. Se ha convertido en algo fantasmagórico, hasta el punto de que hemos tenido esa irresistible propiedad en nuestras manos durante todos estos años en consecuencia.

El señor Stackpoole estaba complacido y divertido con la franca explicación del agente sobre la base de las misteriosas alusiones del señor Judd, y él y su esposa se rieron de ello durante la cena por la noche. La señora Stackpoole ahora estaba dispuesta a que su esposo adquiriera Harbledon Hall, lo que hizo como inquilino anual, con el derecho de adquirir la propiedad en arrendamiento si al cabo de tres años se sentía inclinado a prolongar su estadía.

Entonces dio comienzo el delicioso trajín que amaba el alma del señor Stackpoole: la deshumificación, la calefacción, la pintura, la iluminación, la decoración y el mobiliario de la casa, la domesticación y la recuperación del jardín; el tapado de céspedes viejos y la colocación de césped nuevo; la limpieza y colocación de la grava nueva en los caminos invadidos por la maleza. Era tal el ejército de trabajadores que estaba a cargo que el señor Stackpoole calculó que en menos de cinco meses la casa estaría lista para habitar, y los jardines se verían limpios y desnudos en su orden invernal.

—Debe estar terminado para mediados de diciembre —dijo—, para que pueda celebrar la Navidad aquí con mi familia; y si cada hombre hace bien su trabajo y está fuera de la casa para el doce de diciembre, les daré a cada uno un bono sobre su salario y una cena de Navidad a todos ustedes.

No es de extrañar que a los trabajadores se les contagiara algo del entusiasmo del señor Stackpoole, y que cada vez que trajera a su esposa para ver cómo iba, ella se asombrara con el progreso realizado. Todos sus amigos fueron informados del afortunado hallazgo de la antigua casa en Surrey, y se emitieron invitaciones con mucha antelación para una serie de entretenimientos, bailes y representaciones teatrales privadas que tenían la intención de dar en Harbledon Hall en enero siguiente, cuando su hija, la señora Beaumont, y su esposo se quedarían en casa de sus padres.

Poco antes de que el señor y la señora Stackpoole se mudaran a Harbledon Hall, estaban cenando una noche, y después de que las damas hubieran salido de la habitación y los caballeros reorganizado cómodamente sus sillas y disfrutaban del vino, el señor Stackpoole comenzó con su tema favorito, el mobiliario y la reparación de la vieja casa. Como la mayoría de los presentes lo habían escuchado con frecuencia hablar sobre el mismo tema antes, no se le prestó mucha atención y prosiguió sin interrupción hasta que un caballero alto y calvo frente a él captó las palabras «Harbledon Hall» y de inmediato le prestó gran atención.

—¿Ha dicho «Harbledon Hall»? ¿Se refiere a la vieja casa de ladrillo rojo a cinco kilómetros de Mendleton? Espero que ningún amigo suyo esté pensando en adquirirlo.

El señor Stackpoole sonrió:

—No es exactamente un amigo mío, aunque probablemente lo conozco mejor que nadie. Yo mismo he adquirido Harbledon Hall y tengo la intención de mudarme allí en diciembre.

—¡Qué diablos! —dijo el caballero calvo dejando su copa.

—No sé por qué debería sorprenderle —dijo el señor Stackpoole.

—¿Sorprenderme? Ciertamente no. Solo pensé que la casa estaba vacía y que probablemente permanecería así.

—Seguramente ha permanecido vacía el tiempo suficiente, siete años. Requiere mucho trabajo, por supuesto, pero me gustó el lugar y lo estoy reparando a fondo, introduciendo la luz eléctrica entre otras mejoras modernas; de hecho, no escatimo en gastos. ¿Sabe algo sobre Harbledon Hall?

—Solía hacerlo. Sir Roland Shawe, el último inquilino, es mi hermano. —Y el caballero calvo habló de una manera seca y poco comunicativa.

Pero una pista no era suficiente para el señor Stackpoole.

—Entonces es usted la persona indicada para contarme la historia absurda que he escuchado: tenía algo que ver con una linterna mágica, creo; algún tipo de susto que los jóvenes dieron para fingir que había fantasmas en la casa y asustar a sus padres de regreso a la ciudad, donde preferían vivir. Verá, he podido escuchar toda la historia, y solo quiero que lo corrobore un miembro de la familia. —Y se rio a carcajadas, como si fuera la mejor broma del mundo.

Pero el caballero enfrente de él se puso serio y dijo:

—Soy incapaz de entender su alusión a una actuación con linterna mágica que se supone que puso a prueba los nervios de mi hermano, y absurdo sería la última palabra que usaría para describir las circunstancias que obligaron a sir Roland a abandonar Harbledon Hall.

—Entonces no he debido de informarme bien —respondió el impávido señor Stackpoole, cuya curiosidad había despertado ahora completamente—. Ya que estoy a punto de vivir en la casa, ¿no me podría contar las circunstancias reales, para que pueda contradecir las ridículas historias que uno escucha?

—¿Por qué debería ser necesario para usted contradecir los chismes sobre el tema? Sir Roland nunca habla de ello. Es posible que en algún momento sepa por usted mismo por qué mi hermano abandonó la casa; entonces creo que estará satisfecho de que actuó sabiamente, y si no, lamentaría haberle inducido a tener prejuicios contra Harbledon Hall.

Y los caballeros se levantaron para unirse a las damas, y el señor Stackpoole permaneció en un estado de confusión. Evidentemente, algo había sucedido para expulsar a sir Roland Shawe y a su familia de Harbledon Hall, algo que ni el viejo Judd ni el agente conocían. ¿Qué puede ser? En cuanto a él, siempre y cuando no fueran ratas ni desagües, no le importaba, pero con su esposa era diferente. Si sospechara que había algo extraño en la casa, se negaría a entrar en ella en el último segundo o, si fuera, se empeñaría en ver un fantasma la primera noche oscura.

Pero ella no debe escuchar ninguna charla tonta al respecto. Cualquier fantasma que los antiguos habitantes de Harbledon Hall hubieran imaginado ver no eran más que sus propias sombras cuando recorrían la casa a la tenue luz de las lámparas de aceite. La luz eléctrica acabaría con todo esto. Era la mejor cura para una locura tan absurda, y el señor Stackpoole sintió que su iluminación sería más que un rival contra todas las fuerzas de la oscuridad.

Pero poco después de conocer al hermano de sir Roland Shawe, ocurrió una extraña coincidencia que volvió a llamar su atención sobre el tema de su conversación. La señora Stackpoole le había escrito a su hijo en Malta diciéndole que su padre había tomado una vieja casa en Surrey de la que se había enamorado, lo bien que la estaba arreglando, que esperaban celebrar la Navidad en ella y que era en Harbledon Hall donde esperaban darle la bienvenida a su regreso a Inglaterra.

En respuesta, Jack escribió:

> Así que mi padre alzó el vuelo nuevamente. Bueno, esta vez me alegro de que te lleve a un lugar totalmente accesible, y no a Cornualles o Cumberland. Pero ¿la vieja casa que le ha gustado no está lejos de Mendleton? Supongo que no puede haber dos Harbledon Halls en el mismo condado, pero es extraño si se trata de la casa con ese nombre de la que he oído hablar últimamente. Había un joven civil aquí por su salud, se ha ido a Egipto ahora, y me dijo que su tío, sir Roland Smith, o algún nombre así, había sido expulsado de una vieja casa en Surrey por los fantasmas. Estoy seguro de que lo llamó Harbledon Hall, y dijo que su tío no era en lo más mínimo un hombre histérico, pero fue más de lo que pudo soportar, y tuvo que irse. Me gustaría ahora haberle preguntado todo al respecto, pero era un tipo tan aburrido, nada de lo que decía me interesaba, así que perdí la oportunidad de conocer los detalles. No temas, querida madre. Deja que yo me ocupe de los fantasmas cuando llegue a casa; nada me haría disfrutar más.

A la señora Stackpoole no le gustó esto en absoluto. Le produjo una sensación espeluznante y escalofriante, y su esposo se cuidó de no aumentar su malestar contándole la conversación con el señor Shawe.

—Es extraño, querida, muy extraño —dijo, en el tono más alegre posible—; estamos obligados a admitir que, de una forma u otra, alguien recibió algún tipo de susto en Harbledon Hall. Nada puede ser más vago, sin embargo, eso es todo lo que se sabe al respecto. Una pena que todo el ridículo asunto no se investigara en el acto, ya que, sin duda, ofrecería una solución muy sencilla. Es muy probable que una de las sirvientas hubiera cenado más pesado de lo habitual con carne de cerdo fría, y en un ataque de indigestión caminara dormida; alguien la vio con su camisón blanco, la tomó por un fantasma y se asustó, porque siempre es más fácil gritar que investigar. Y ahí tienes la historia de un relato de fantasmas en pocas palabras, querida mía, en pocas palabras.

Los trabajadores dejaron Harbledon Hall puntualmente el día acordado, y con la misma puntualidad recibieron su salario y la cena de Navidad, y la casa estuvo lista para la recepción del nuevo inquilino, con los buenos deseos de todos los que habían ayudado a prepararlo para él. El señor Stackpoole dispuso que su familia llegara después del anochecer, para que pudiera sorprender a su esposa con la luz eléctrica en cada habitación y pasillo, y presentarla a su nuevo hogar bajo su aspecto más alegre y atractivo.

Cuando se acercaron a la casa, tanto la señora Stackpoole como su hija exclamaron con deleite, y Ella dijo que era demasiado bonita para ser real, era como algo sobre el escenario. Desde cada ventana, desde el sótano hasta las buhardillas, fluía el resplandor puro de la luz eléctrica, no atenuada por cortinas o persianas, enviando rayos de luz a la oscuridad circundante. Desde el porche, la luz blanca iluminaba el camino como un frío sol, y mostraba cada guijarro en el suelo y cada ramita en las ramas desnudas.

—Aquí estáis, queridos míos —dijo el señor Stackpoole triunfante, mientras conducía a su esposa e hija al brillante salón—; así es como la ciencia moderna ahuyenta los temores tontos de la oscuridad al convertir la noche en día. Nadie podría sentirse inquieto o temer a los fantasmas en una casa como esta.

—No, de hecho, sería algo imposible —respondieron la señora Stackpoole, su hija y su yerno en coro confiado.

La Navidad se celebró con mucha fiesta en Harbledon Hall, y era imposible decir quién estaba más encantado con la casa: el anfitrión o la anfitriona, o los invitados bajo su acogedor techo. Cada uno estaba encantado con su propia habitación, pero la habitación de la mañana de la señora Stackpoole era la favorita en general, y el té de la tarde se tomaba con frecuencia allí en lugar del salón más majestuoso. Los nietos jugaban en las habitaciones vacías de arriba en los días de lluvia, y todas las noches contemplaban el milagro de iluminar la casa con la luz eléctrica con un interés que les quitaba el aliento. Consideraban al abuelo como un mago productor de luz, de modo que una mezcla entre asombro y temor impedía cualquier travesura, y no se atrevían a abrir la puerta de su habitación particular, que respetuosamente se llamaba el estudio, aunque su uso principal era para fumar o echar una siesta tranquila antes de la cena.

Era finales de enero —los Stackpoole se felicitaban diariamente por su buena fortuna al encontrarse con una casa tan perfectamente adaptada a sus necesidades—, cuando terminaron sus festividades con un baile elegante. Varios jóvenes se alojaban en la casa para la ocasión, quienes debían partir el día después del baile, dejando a su anfitrión y a su anfitriona por primera vez solos en su nuevo hogar. Numerosos invitados venían de lejos, muchos de los cuales habían aceptado la invitación por curiosidad, ya que un baile ofrecía una buena oportunidad de pasar una noche bajo alegres auspicios en una casa con la reputación de estar embrujada.

Todos sus entretenimientos habían tenido éxito hasta el momento, pero el último iba a ser el mejor, y el señor y la señora Stackpoole pusieron toda el alma en los preparativos para asegurarse un completo éxito. La habitación era encantadora, el piso perfecto, la banda que venía de la ciudad era la más famosa de la temporada. Los trajes que se iban a llevar no eran de ninguna época o país en especial, y los propios Stackpoole dieron un ejemplo de ortodoxia no convencional en la materia, ya que la anfitriona iba vestida como la reina Isabel, y su marido como un almirante de la flota actual, mientras que el señor y la señora Beaumont figuraban respectivamente como una dama japonesa y un torero español. Cuando llegaron los invitados, vestidos con el atuendo de todas las edades y países, el salón de baile parecía contener una multitud tan abigarrada que solo el Día del Juicio podría reunir. Aquí un griego antiguo bailaba con un campesino sueco, y el Príncipe Negro con una capitana del Ejército de Salvación, y allí un payaso y una monja bailaban alegremente ante Mahoma y una bailarina de ballet.

La luz eléctrica era entonces una novedad mayor que ahora, y los invitados expresaban en voz alta su admiración por el aspecto de palacio de hadas de la casa cuando se acercaban y de su brillo en el interior. El señor Stackpoole estaba tan encantado como un niño con un juguete nuevo, y llevó a sus amigos a mostrarles cómo, simplemente girando un botón en la pared, podía sumergir una habitación en la oscuridad o inundarla de luz radiante.

El baile se prolongó con gran animación hasta altas horas de la madrugada, y cuando el reloj del vestíbulo dio las tres y cuarto, la vieja casa resonó con las melodías bastante tristes y plenamente románticas de un vals de Waldteufel. Los invitados que venían de lejos habían comenzado a partir, y el señor Beaumont, de pie en el porche, reía al ver subir a lady Jane Grey y a Flora Macdonald a su carruaje. En ese momento, una criada le dio un mensaje a uno de los lacayos para la señora Beaumont, que estaba sentada abanicándose cerca de la puerta del salón de baile. «Si es tan amable, la niñera dice que el señorito Harry no se dormirá hasta verla, señora».

«Diga a la niñera que iré enseguida» y, excusándose ante la señora que estaba sentada a su lado, se escabulló de la habitación. En el pasillo se encontró con su padre cuando entraba en el estudio.

—Voy a quitarme de encima este miserable estorbo —dijo, sonriendo y blandiendo el sombrero de tres picos de almirante, que había llevado galantemente toda la velada y le resultaba tan incómodo.

—Y yo a ver al pequeño Harry que está con la niñera. —Y la señora Beaumont corrió escaleras arriba, cantando suavemente la dulce música que venía flotando de la sala de baile de abajo.

El señor Stackpoole dejó su sombrero sobre la mesa y miró el reloj sobre la repisa de la chimenea:

—¡Las tres y cuarto! Estoy cansado, y los jóvenes deberían estarlo. ¡Ey, oh! Prefiero dar diez cenas que un baile. —Y se hundió en una silla baja junto al fuego, bostezó profundamente, estiró las piernas ante él y cerró los ojos. El sueño cayó sobre él al instante, y durante unos minutos se perdió en sus profundidades, la luz y el sonido habían dejado de existir para él, su cerebro estaba sumido en una oscuridad silenciosa.

El señor Beaumont seguía de pie en el porche; los criados habían vuelto a la casa, y él estaba solo. Era una templada noche de invierno. Se puso una capa sobre los hombros y salió al aire libre. «No me extrañarán por cinco minutos», se dijo a sí mismo, «mientras fumo un cigarrillo». Y caminó enérgicamente por un camino ancho a unos treinta metros de la casa, desde donde tenía una vista perfecta de Harbledon Hall. Y muy bonita; su alegre brillo se veía contra el fondo oscuro del cielo estrellado. Los brillantes rayos de luz se proyectaban desde las ventanas sin cor tinas, y aquellas que tenían las cortinas echadas mostraban el contorno de los objetos en la habitación proyectados sobre ellos en forma de sombras, tan claramente como desde una linterna mágica.

Involuntariamente, levantó los ojos a la ventana de la sala de estar de la señora Stackpoole, y se quedó paralizado. Las siluetas claramente definidas de dos figuras visibles en el cuadrado limpio de la cortina: las sombras de un anciano y un joven que luchaban. Por la forma de las cabezas, George Beaumont vio que llevaban pelucas, y podía verse la sombra claramente cortada de los volantes en las muñecas, y el hombre más joven y más alto llevaba una gran corbata Steinkirk con los extremos atados alrededor de su cuello. Al principio pensó que eran invitados vestidos con el traje de principios del período georgiano, aunque no sabía cómo habían subido a esa habitación o por qué había una lucha mortal entre ellos. Pero el asombro y la especulación se tornaron en interés aterrado mientras observaba el curso del breve conflicto.

El hombre mayor y más bajo, que se inclinaba considerablemente, parecía estar desarmado, y agarró al más joven por el cuello, cuando este se liberó, retrocedió rápidamente, desenvainó su espada y, lanzándose hacia delante con el pie derecho, atravesó el cuerpo de su oponente. Se tambaleó hacia atrás y se perdió de vista por debajo del nivel de la ventana, y solo quedó la nítida sombra del hombre más joven de perfil sobre la ventana. Se quedó un minuto mirando hacia abajo, y George Beaumont tuvo tiempo de observar los rasgos finamente cortados de un completo extraño. Luego limpió la hoja de su espada, se dio la vuelta y se alejó, y su sombra se perdió de vista, dejando la cortina de la ventana, un cuadrado blanco y luminoso.

En el interior, al mismo tiempo, el señor Stackpoole se había despertado de su corto sueño por un ruido en la sala de estar de su esposa, y se levantó de un salto con todas sus facultades concentradas en escuchar. Un ruido como de sillas empujadas hacia atrás y volcadas sobre el suelo pulido, y un roce de pies como si dos hombres estuvieran forcejeando. Luego, un momento de silencio, un fuerte estampido y una fuerte caída que pareció sacudir el techo, seguidos de profundos gemidos.

—¡Dios! ¡Qué sucede! —gritó el señor Stackpoole, y salió corriendo de la habitación hacia el pasillo.

La puerta principal estaba abierta, aunque las puertas interiores de vidrio estaban cerradas, y ni su yerno ni ninguno de los sirvientes estaban allí. No se detuvo a llamar a nadie, pero subió corriendo a la habitación de su esposa mientras su hija bajaba las escaleras desde el piso de arriba con una cara blanca y aterrorizada.

—Oh, papá, alguien me acaba de asustar tanto, ¡pero sea quien sea, está allí! Lo vi entrar en la habitación de mamá hace unos minutos, y me alegro mucho de que hayas venido, porque no me atrevo a seguirlo. —Y sin preguntarle de quién estaba hablando, el señor Stackpoole abrió la puerta de par en par y corrió a la habitación. Y no había nadie allí. No había ni una silla ni una mesa desplazadas, y la luz eléctrica que iluminaba todos los rincones de la habitación impedía la posibilidad de que alguien estuviera escondido.

—¡Es de lo más extraordinario! —exclamó, aterrorizado, limpiándose el sudor de la frente mientras hablaba—. ¡No quisiera que tu madre se enterara por nada del mundo!

—¿Tú también lo has visto? —dijo su hija con voz débil.

—¿Ver a quién, hija? ¿El qué? No, no he visto nada, pero he oído lo suficiente como para que me dure toda la vida. ¡Dios no quiera que lo escuche de nuevo! —Y miró alrededor de la habitación y debajo de la mesa, estupefacto, incapaz de reaccionar por el asombro.

—Me pasó por delante en las escaleras justo cuando salía de la habitación de los niños —dijo la señora Beaumont, ansiosa por contar su experiencia sin esperar a escuchar la de su padre—. Un joven alto corrió rápidamente hacia mí, vestido con un abrigo azul, con volantes en las muñecas y una gran corbata atada y una peluca atada con un lazo en la parte posterior. Llevaba una espada larga y fina en la mano. Al principio pensé que era Arthur Newton, quien llevaba una peluca empolvada como la suya esta noche, pero recordé que su abrigo era negro y que se fue temprano. Cuando vi su cara, era la de un extraño, y parecía cruel y apasionado. Lo seguí hasta que lo vi entrar en esta habitación y cerrar la puerta tras de él.

—Entonces, ¿dónde diablos está ahora? —dijo el señor Stackpoole—. Esto es una miserable broma pesada, pero llegaré al fondo del asunto y me vengaré de ellos, ya lo verán, ¡llegaré al fondo! Y mientras hablaba se abrió de golpe la puerta que había tenido la precaución de cerrar, y entró su yerno vestido de torero, pálido y sin aliento, como si el toro se hubiera dado la vuelta y le hubiera dado caza.

—Oh, George, ¿tú también lo has visto? —dijo su esposa.

—¿Oíste algo? —preguntó el señor Stackpoole—. Siéntate, hombre; estás temblando como una hoja.

—¡Eran dos, un anciano y un joven, en esta habitación hace un minuto! En el nombre de Dios, ¿quiénes eran y por qué no los detuviste antes de que se cometiera el asesinato? —dijo emocionado.

El señor Stackpoole se quedó callado y ensimismado al ver la agitación de su yerno.

—Tranquilízate, George, y dime a qué te refieres. Algo está sucediendo esta noche que necesita una explicación.

—Pero ¿dónde están? Estaban en esta habitación, y si estabas con ellos debes haber sido testigo de lo que sucedió, o si solo subiste las escaleras en este momento, debes haberte topado con el joven que salía de la habitación. El anciano nunca volverá a moverse. —Y levantó el mantel y miró debajo de la mesa.

—¿Por qué hablas con tanta seguridad de quien estaba en esta habitación hace unos minutos, cuando tú has estado en el piso de abajo todo el tiempo? —preguntó el señor Stackpoole.

—Estaba fumando un cigarrillo en el jardín después de ver marchar a los Weston, caminando por el sendero ancho, cuando miré hacia la ventana de la sala de mamá y vi la sombra de dos hombres en la cortina, que la luz eléctrica mostraba tan clara y nítida como en una linterna mágica. Vi sus perfiles perfectamente, pero no conocía sus caras. Llevaban pelucas atadas por detrás y volantes en las muñecas, y el hombre más joven y más alto, como vi por la sombra, iba vestido con una corbata Steinkirk atada alrededor del cuello. Forcejearon y el anciano agarró al joven por la garganta. Pero él se liberó, desenvainó su espada y le atravesó el cuerpo, luego se alejó y dejó la cortina en blanco.

—¡Dios! Y yo lo escuché todo en la habitación de abajo, la lucha y la caída, ¡y profundos gemidos! —dijo el señor Stackpoole.

—Y yo me topé con el joven, si puedo llamarlo humano, ¡pasó por delante de mí en las escaleras! —dijo su hija, agarrando a su padre por el brazo—. Oh, papá, Harbledon Hall está embrujado; ¡la gente tenía razón al respecto! ¡Dejemos este terrible lugar mañana! —Y las notas finales del vals de Waldteufel suspiraron por toda la casa mientras hablaba.

El señor Stackpoole negó con la cabeza.

—No sé cómo podríamos hacerlo, porque no hay que asustar a tu madre. Por el amor de Dios, tratad de mantener las aparencias como si nada hubiera ocurrido. Nos echarán de menos abajo; yo iré, y ustedes dos deben arreglárselas para despedir decentemente a nuestros huéspedes, y no alarmar a los que se queden hasta mañana. No debemos levantar sospechas. George, trae a Ella una copa de champán, le hará bien.

—No me dejes sola —gritó la señora Beaumont como una niña asustada.

—Entonces os enviaré vino a los dos —dijo su padre—, y pensad, debéis seguirme directamente.

El señor Stackpoole se reunió con sus invitados, que no lo habían echado de menos. Había comenzado el último baile, y con tanta frescura y disfrute como si fuera el primero de la noche. Por fin, todos los invitados se habían marchado, excepto los que formaban el grupo de la casa, y las damas se retiraron, dejando a los caballeros fumando en la sala de billar.

—No tienes buen aspecto, Beaumont —dijo un joven vestido como un campesino tirolés, mientras encendía un cigarro y miraba la cara pálida de su amigo.

—No es nada, solo que el vals me marea. —Y se preparó un poco de brandy con soda.

Uno por uno, los invitados se despidieron y salieron de la habitación, hasta que solo quedaron el señor Stackpoole, su yerno, y el señor Liston, un caballero con piernas muy largas; llevaba unas medias que las hacían resaltar aún más.

—¿Sabía tu suegro cuando adquirió Harbledon Hall que se suponía que estaba embrujado? —le dijo en voz baja al señor Beaumont. El señor Stackpoole escuchó la pregunta y la respondió él mismo.

—Escuchamos algunos chismes tontos sobre el tema, porque, por supuesto, ningún lugar permanece vacío tanto tiempo sin que se inventen leyendas para explicar el porqué. Pero no soy el tipo de hombre que escuche charlas vulgares. He tomado esta casa y estoy encantado con ella. —Y el señor Beaumont no pudo más que maravillarse de la admirable compostura de su suegro.

—Así es, y la luz eléctrica es la verdadera cura para lo supuestamente sobrenatural.

—Por supuesto, sabrá cuán repentinamente abandonó el lugar sir Roland Shawe.

—Oh, sí, conocemos la historia —dijo el señor Stackpoole, forzando una risa.

—Sabe, dudo de que conozca toda la historia; al menos que sea usted un tipo tan frívolo que, aun conociéndola, sea capaz de reírse —dijo el señor Liston.

—Por supuesto, todo fue una broma tonta, algo relacionado con una linterna mágica, si no recuerdo mal.

—¡Linterna mágica! Nunca oí la palabra mencionada. No; si no le importa escuchar la verdad al respecto, creo que puedo contársela. He vivido en el condado toda mi vida y me sé la historia de Harbledon Hall de memoria. Me pregunto por qué usted no. No se lo contaría ahora si pensara que le podría inquietar; pero como ha puesto la luz eléctrica y ha arreglado la casa con un estilo moderno tan alegre, todo el lugar ha cambiado y cualquiera podría disfrutar viviendo aquí.

—Escuchemos la historia —dijo bruscamente el señor Stackpoole.

—Veo que he despertado su curiosidad. La historia cuenta que hace unos ciento cincuenta años vivían en esta casa padre e hijo que se odiaban a muerte, y no hace falta decir que había una mujer de por medio y una fortuna en juego. El anciano debió ser un tipo excepcionalmente malo, y se dice que insultó gravemente a la joven con la que su hijo estaba a punto de casarse, habiéndoselo propuesto él mismo en primer lugar y habiendo sido rechazado. Los dos hombres tuvieron una pelea mortal al respecto en esta misma casa, y el resultado fue que el hijo, loco de pasión, atravesó a su padre con la espada y lo mató en el acto. Ya está, no diré nada más al respecto, si es demasiado para usted —dijo el señor Liston, impresionado por los rostros pálidos que tenía delante.

—Prosiga, prosiga —dijo el señor Stackpoole.

—Pues bien, una noche de invierno, ahora hace ocho años, cuando sir Roland Shawe llegaba tarde a casa, caminando por el jardín, miró hacia una ventana en el primer piso donde ardía una luz, y vio en la cortina perfectamente perfiladas las sombras del anciano y su hijo luchando, y vio al joven atravesar el cuerpo de su padre con el estoque.

—No puedo soportarlo. No puedo soportarlo —dijo George

Beaumont, pálido como la muerte, y parecía a punto de desmayarse.

—Lo mismo diría si hubiera visto las sombrías siluetas usted mismo. Ciertamente es una historia horrible, y aunque no puedo decir que yo mismo crea en fantasmas, no puedo ofrecer ninguna explicación a los sucesos que le he detallado. Sir Roland creía, y era una persona lúcida y realista. Otros miembros de su familia también vieron y escucharon imágenes y sonidos inexplicables aquella noche. Uno de los hijos, que se había quedado despierto hasta tarde esperando a su padre, se encontró con la sombra de un tipo de aspecto malvado vestido con un abrigo azul y con una peluca empolvada atada con un lazo; corría por un pasillo superior, y llevaba un estoque desenvainado en la mano. Y lady Shawe fue despertada por un ruido en la habitación contigua a la suya, que era la habitación donde se veían las sombras en la ventana, un sonido de forcejeo y de sillas volcadas, seguido de una fuerte caída y profundos gemidos. Ahora bien, si una sola persona hubiera creído oír o ver cosas inexplicables, sir Roland le habría sacado el mejor partido y se habría quedado en Harbledon Hall; pero, ¡caramba! cuando tres seres racionales son cada uno un ojo o un oído testigo, se vuelve intolerable. Ya sea que uno crea en fantasmas o no, ¡no puede soportar algo así!

—¡Por Dios que no puede, así es! —dijo el señor Stackpoole, limpiándose el sudor de la frente—. Y ahora, Liston, que me ha contado esto, le diré algo a cambio. Mi familia y yo salimos de Harbledon Hall mañana por las razones precisas que expulsaron a sir Roland Shawe hace ocho años.

—¡No!

—¡Tan seguro como que estoy vivo, saldremos de aquí mañana! Debo hallar alguna razón para nuestra repentina marcha, pero debemos irnos, y no quiero alarmar a mi esposa.

—¡No pasaría otra noche en la casa por nada del mundo! —dijo el señor Beaumont.

—Pero, mi querido señor Stackpoole, espero que nada de lo que he dicho lo lleve a tomar esta extraordinaria resolución. Su imaginación está excitada por lo que ha oído; no puede haber ninguna causa por la que deba abandonar este encantador lugar que acaba de acondicionar a su gusto —dijo el señor Liston en un tono tranquilizador.

—La historia que nos ha contado solo ha ayudado a explicar lo que ya sabemos. Le digo que esta misma noche, no hace un par de horas, en el resplandor de la luz eléctrica y con la casa llena de compañía, Beaumont, mi hija y yo hemos visto y escuchado las imágenes y los sonidos que expulsaron a sir Roland Shawe de Harbledon Hall; y salimos mañana, o más bien hoy, porque son casi las seis, ¡para no pasar otra noche bajo este maldito techo! —Y la voz del señor Stackpoole tembló mientras hablaba—. Solo tengo que pedirle —añadió— que trate esta comunicación como confidencial, pues ni a Beaumont ni a mí nos interesa hablar ni que nos hablen de lo que ha ocurrido esta noche.

¿Qué fue de la inteligente curiosidad del señor Stackpoole sobre los asuntos de fantasmas y qué había sido de su coraje? Uno había quedado satisfecho y el otro intimidado, y no tenía el menor deseo de quedarse a investigar el misterio.

Al final del desayuno, la señora Stackpoole se sorprendió por la aparición de su familia. Hubiera sido difícil decir cuál de los tres estaba más pálido y demacrado, su esposo, su hija o su yerno. Pusieron la pobre excusa de que no les sentaba bien trasnochar y de que el baile los dejaba agotados, y ella les dijo que parecían niños pequeños que habían asistido a su primera pantomima la noche anterior. Cuando el último invitado se hubo marchado, la señora Stackpoole se dio cuenta de que a su marido le ocurría algo grave, y no sabía cómo explicar el cambio de humor.

—Querida, iremos a la ciudad con George y Ella —dijo con gran decisión.

—Imposible —respondió su esposa con calma—. Tú, por supuesto, irás si quieres, pero yo realmente no puedo.

—Oh, ¡ven con nosotros, mamá! Ya sabes cuánto lo desea papá —dijo su hija.

—Sí, ven con nosotros —instó su yerno con ardor inusitado—, ha pasado tanto tiempo sin vernos. —Olvidando que habían pasado el último mes juntos.

La señora Stackpoole se rio.

—Evidentemente hay algún oscuro complot entre vosotros para apresurarme. Bueno, si tanto os alegra que os acompañe, lo haré, aunque es muy incómodo salir de casa de esta manera repentina —dijo la señora de buen humor.

Y viajaron a Londres ese día, para nunca regresar a Harbledon Hall. El señor Stackpoole se las arregló de tal manera que su esposa no supo la razón de abandonar tan pronto la casa más encantadora en la que habían vivido. Prefería que ella lo atribuyera a su inquietud y capricho, cualquier cosa en lugar de que sus nervios se sacudieran al escuchar la verdad.

Consultó a un médico de moda y le dio a entender que deseaba que le enviasen inmediatamente al sur de Francia. Entendida la indirecta, comunicó a su sufrida esposa que el doctor Blank le había recomendado que partiese de inmediato, y en dos días se pusieron camino a Marsella.

La señora Stackpoole estaba acostumbrada a los movimientos impulsivos y bruscos de su marido, por lo que no le molestó mucho; pero cuando una semana más tarde dijo que había decidido renunciar a Harbledon Hall y buscar un lugar en algún lugar de los condados orientales aún sin explorar, derramó lágrimas por la desilusión presente y la fatiga que anticipaba. Cuando la sufrida dama se secó los ojos y su esposo hubo enumerado en detalle todas las razones, excepto la verdadera razón por la que abandonaba su hermosa casa, ella exclamó:

—¡Querido, si no te conociera mejor, me vería obligada a creer que tú también habías visto al fantasma que asustó a sir Roland Shawe en Harbledon Hall hace ocho años!

CÓMO ABANDONÓ EL HOTEL

Yo trabajaba en el ascensor del Empire Hotel, ese gran edificio de ladrillos rojos y blancos como vetas de beicon que hace esquina con Bath Street. Había cumplido mi tiempo en el ejército y me licenciaron con galones de buena conducta, y así fue como conseguí el trabajo. El hotel era una gran empresa, con un comité directivo de oficiales retirados y caballeros afines, caballeros que tenían un poco de dinero invertido en la empresa y nada más que hacer excepto que preocuparse por ello, y mi difunto coronel era uno de ellos. Era el hombre de mejor carácter con los que me haya cruzado, siempre y cuando no se le contradijera, y cuando fui a pedirle trabajo me dijo:

—Topo[1], eres el hombre indicado para trabajar en el ascensor de nuestro gran hotel. Los soldados son educados y profesionales, y a la gente les gustan casi tanto como los marineros. Hemos tenido que despedir a nuestro último empleado, y tú puedes tomar su puesto.

Me gustaba bastante mi trabajo, y el salario; ocupé mi puesto durante un año, y allí debería de continuar si no hubiera sido por una circunstancia... pero nada más sobre ello por ahora. El nuestro era un ascensor hidráulico. Nada de esos ascensores tambaleantes que se balancean como la jaula de un loro en la escalera de un pozo, a los que no me gustaría confiar mi cuello. Se deslizaba tan suave como el aceite, un niño podría haberlo manejado, y era tan seguro como estar con los pies en el suelo. En vez de estar lleno de anuncios como un ómnibus, teníamos espejos, y las señoras se miraban, se atusaban el pelo y retocaban el carmín de los labios mientras yo las conducía vestidas de gala a la planta baja del hotel. Era una pequeña sala de estar con cojines de terciopelo rojo para sentarse, y no tenías nada más que hacer que entrar allí, y te haría flotar hacia arriba o hacia abajo, tan ligero como un pájaro.

Todos los huéspedes usaban el ascensor una u otra vez, su-

---

1   En este relato, el apellido del personaje del ascensorista, «Mole», que significa «topo» en inglés, funciona igual que un nombre propio connotativo. Posee un significado claro y relevante en el contexto del relato: la profesión del personaje. No lo habría traducido en un contexto distinto. *N. de la T.*

biendo o bajando. Algunos de ellos eran franceses, y llamaban al ascensor el «assenser», y para ellos está bien en su idioma, sin duda, pero lo que no consigo comprender es por qué los estadounidenses, que saben hablar inglés cuando quieren, y siempre están descubriendo nuevas formas de hacer las cosas más rápido que otras personas, deberían perder el tiempo y el aliento llamando al ascensor «elevator» en lugar de «lift»[2].

Estaba a cargo del ascensor desde el mediodía hasta la medianoche. Para entonces, la gente del teatro y quienes habían salido a cenar fuera ya habían regresado, y cualquiera que regresara más tarde subía por las escaleras, pues mi jornada había terminado. Uno de los botones trabajaba en el ascensor hasta que yo llegaba de servicio por la mañana, pero antes de las doce no pasaba nada en particular, y tampoco ocurría gran cosa hasta después de las dos de la tarde. Entonces, el trabajo se multiplicaba con los huéspedes subiendo y bajando constantemente, y el timbre llamándote de un piso a otro como una casa en llamas. Luego le sucedía un rato tranquilo mientras cenaban, y yo me sentaba cómodo en el ascensor y leía el periódico, solo que no podía fumar. Pero tampoco podía hacerlo nadie más, y tenía que pedir a los caballeros extranjeros que por favor no fumaran dentro del ascensor; iba en contra de las normas. No tenía que decírselo tan a menudo a los caballeros ingleses. No son como los extranjeros, que parece que tienen los puros pegados a los labios.

Siempre me fijaba en las caras cuando la gente subía al ascensor, porque tengo una vista aguda y una buena memoria, y ninguno de los huéspedes necesitaba decirme dos veces dónde llevarlos. Los conocía, y conocía su piso tan bien como ellos mismos.

Fue en noviembre cuando el coronel Saxby llegó al Empire Hotel. Me fijé especialmente en él porque se veía enseguida que era un soldado. Era un hombre alto y delgado de unos cincuenta años, con nariz aguileña, ojos penetrantes y bigote gris, y caminaba rígido por una herida de bala en la rodilla. Pero lo que más me llamó la atención fue la cicatriz de un corte de sable que atravesaba el lado derecho de la cara. Cuando se subió al ascensor para ir a su habitación en el cuarto piso, pensé en la diferencia que hay entre los oficiales. El coronel Saxby me recordó a un pos-

---

2   «Lift» en inglés británico y «elevator» en inglés norteamericano. *N. de la T.*

te de telégrafo por la altura y la delgadez, y mi viejo coronel era como un poste dentro de un uniforme, pero un soldado valiente y un caballero de todos modos. La habitación del coronel Saxby era la número 210, justo enfrente de la puerta de cristal que daba al ascensor, y cada vez que me detenía en el cuarto piso, el número 210 me miraba fijamente a la cara.

El coronel solía subir en el ascensor todos los días con regularidad, aunque nunca bajaba en él, hasta... pero de eso hablaré enseguida. A veces, cuando estábamos solos en el ascensor, me hablaba. Me preguntó en qué regimiento había servido, y dijo que conocía a los oficiales. Sin embargo, no puedo decir que uno se sintiera cómodo al hablarle. Había algo que llamaba la atención en él, y era que siempre parecía sumido en sus propios pensamientos. Nunca se sentaba en el ascensor. Ya fuera que estuviera vacío o lleno, se mantenía erguido, debajo de la lámpara, donde la luz caía sobre su rostro pálido y su mejilla con la cicatriz.

Un día de febrero no llevé al coronel en el ascensor, y como él era regular como un reloj, me llamó la atención, pero supuse que se había ausentado unos días, y no pensé más en ello. Cada vez que me detenía en el cuarto piso, la puerta del número 210 estaba cerrada y, como a menudo la dejaba abierta, me aseguraba de que el coronel no estuviera. Al final de la semana, escuché a una camarera decir que el coronel Saxby estaba enfermo, así que creí que por eso no había subido al ascensor últimamente.

Era un martes por la noche, y había tenido un día muy ajetreado. El flujo de tráfico imparable arriba y abajo, y así continuó toda la noche.

Era la medianoche, y estaba a punto de apagar la luz en el ascensor, cerrar la puerta y dejar la llave en la oficina para el empleado del turno de mañana, cuando el timbre sonó con fuerza. Miré el dial y vi que me requerían en el cuarto piso. Dieron las doce cuando entré en el ascensor. Al pasar por el segundo y tercer piso me pregunté quién sería el que había llamado tan tarde, y pensé que debía ser un extraño que no conocía la regla de la casa. Pero cuando me detuve en el cuarto piso y abrí la puerta del ascensor, el coronel Saxby estaba allí de pie envuelto en su capa militar. La puerta de su habitación estaba cerrada detrás de él, porque leí el número en ella. Pensé que estaba enfermo en la cama, y parecía bastante enfermo, pero llevaba el sombrero puesto, ¿y qué podría querer un hombre que había estado en cama diez días saliendo a la calle en una medianoche de invierno? No creo que me viera, pero cuando puse en marcha el ascensor, lo miré de pie bajo la lámpara, con la sombra que proyectaba el sombrero ocultándole los ojos, y la luz le daba de lleno en la parte inferior de la cara, que estaba mortalmente pálida, con la cicatriz de la mejilla aún más pálida.

—Me alegra ver que está mejor, señor. —Pero no dijo nada, y no me gustó volver a mirarlo. Permaneció de pie como una estatua, envuelto en su capa, y me alegré mucho cuando le abrí la puerta para que saliera al vestíbulo. Le saludé cuando salió, y pasó junto a mí hacia la puerta.

»El coronel desea salir —le dije al botones, que se quedó mirando. Abrió la puerta principal y el coronel Saxby salió a la nieve.

—¡Qué raro! —dijo el botones.

—Lo es —dije yo—. No me gusta el aspecto del coronel; no parece ser él mismo en absoluto. Está lo bastante enfermo como para quedarse en la cama, y ahí está, saliendo en una noche como esta.

—De todos modos, lleva una gran capa para mantenerlo caliente. Digo, suponiendo que iba a un baile de disfraces y se puso esa capa para esconder el disfraz —dijo el botones, riendo inquieto. Porque ambos nos sentimos más raros de lo que nos atrevíamos a decir, y mientras hablábamos, sonó con fuerza el timbre de la puerta.

—No más pasajeros para mí —dije, y esta vez sí que estaba apagando la luz, cuando Joe abrió la puerta y entraron dos señores que de un vistazo supe que eran médicos. Uno era alto y el otro bajo y corpulento, y ambos vinieron al ascensor.

»Lo siento, caballeros, pero va contra las reglas que el ascensor suba después de medianoche.

—¡Tonterías! —dijo el corpulento caballero—, son solo las doce y es una cuestión de vida o muerte. Llévenos de inmediato al cuarto piso. —Y subieron en el ascensor como un rayo.

Cuando abrí la puerta, fueron directamente a la número 210. Una enfermera salió a su encuentro, y el médico dijo, con fuerza:

—Espero que no haya cambios a peor.

Y escuché su respuesta:

—El paciente murió hace cinco minutos, señor.

Aunque no tenía por qué hablar, aquello era más de lo que podía soportar. Seguí a los médicos hasta la puerta y les dije:

—Aquí hay un error, caballeros; bajé al coronel en el ascensor después de que el reloj diera las doce, y salió a la calle.

El robusto médico dijo bruscamente:

—Un caso de confusión de identidad. Fue otra persona a la que tomó por el coronel.

—Disculpen, caballeros, era el propio coronel, y el botones del turno de noche que le abrió la puerta lo conocía tan bien como yo. Estaba ataviado para una noche como esta, con su capa militar envolviéndole.

—Entre y compruébelo por sí mismo —dijo la enfermera. Seguí a los médicos a la habitación, y allí estaba el coronel Saxby tal como lo había visto unos minutos antes. Allí yacía, muerto como sus antepasados, y la gran capa extendida sobre la cama para mantenerlo caliente a quien ya no sentiría ni frío ni calor.

No dormí aquella noche. Me senté con Joe, esperando a cada minuto oír al coronel tocar el timbre de la puerta principal. Al día siguiente, cada vez que el timbre del ascensor sonaba brusca y repentinamente, me entraba el sudor y volvía a temblar. Me sentí tan mal como la primera vez que entré en acción. Joe y yo le contamos todo al director, y él dijo que habíamos estado soñando, pero añadió:

—Eso sí, no hablen de ello, o tendremos el hotel vacío en una semana.

El ataúd del coronel fue introducido a hurtadillas en el hotel la noche siguiente. El director, los de la funeraria y yo lo subimos en el ascensor y encajó justo de lado a lado, sin sobrar un centímetro. Lo llevaron a la número 210, y mientras esperaba que volvieran a salir, un extraño sentimiento se apoderó de mí. Entonces la puerta se abrió suavemente y seis hombres sacaron el largo ataúd por el pasillo y lo depositaron con el pie hacia la puerta del ascensor, y el director me buscó con la mirada.

—No puedo hacerlo, señor —le dije—. No puedo volver a bajar al coronel, ayer lo bajé a medianoche y con eso me bastó.

—¡Empújelo dentro! —me cortó el, y metieron el ataúd en el ascensor sin hacer ruido. El director entró el último, y antes de cerrar la puerta dijo:

—Topo, me temo que esta es la última vez que trabajas en este ascensor.

Y así fue, porque no me habría quedado en el Empire Hotel después de lo ocurrido ni aunque me hubieran doblado el sueldo; el botones de noche y yo abandonamos juntos el hotel.

EL RARO DE LOS WALFORD

Un día de verano del año 1860, yo, Humphrey Walford, cometí un hecho por el cual mi padre tendría que haberme desheredado y por el que mis antepasados me habrían repudiado. Posé mis sacrílegas manos sobre la vieja cama familiar de cuatro postes de roble tallado y la destruí.

Yo solo no podría haber llevado a cabo tal trabajo de destrucción. Los postes macizos, el dosel y los paneles se habrían resistido ante los esfuerzos de una sola persona, pero obligué a dos hombres reacios a prestarme su ayuda y, por medio de sierras y hachas, redujimos toda la estructura a listones de madera con los que uno podría encender un vivo fuego en la chimenea de la sala en una húmeda tarde de verano.

Era una cama con una historia tan indescriptiblemente melancólica para mí que había decidido, cuando fuera mi propio amo, destruir la lúgubre estructura y librarme de esta pesadilla que me perseguía y se apoderaba de mí cada vez que la veía.

Tallada en roble cultivado en nuestra tierra, la cama en sí tenía más de trescientos años, mientras que las pesadas cortinas de color verde oscuro, descoloridas y con olor a humedad, se remontaban a la época de mi bisabuelo Walford. Me sé de memoria las dimensiones de la enorme cama parecida a un coche fúnebre. Tenía tres metros de largo por dos metros y medio de ancho, y tres metros de alto; y cuando, siendo un niño pequeño, me llevaron a ver morir a mi joven madre en el hueco de la vasta cama, miré hacia sus altos postes con el mismo asombro con el que ahora contemplaría el árbol más alto.

Durante tres siglos, esta cama fue cuna y sepultura para nuestra familia. Sus pesadas cortinas habían amortiguado el sonido del primer llanto y del último estertor de generaciones de los Walford que habían nacido o muerto en Walford Grange. Las novias recién casadas de la familia, durante las primeras noches en el nuevo hogar, yacían en el imponente lecho, hasta que finalizaban la celebración de los festejos nupciales, y el escudero y su esposa inauguraban la rutina de la vida matrimonial ocupando una cama menos majestuosa, pero más cómoda.

Yo conocía bien la historia del lúgubre y viejo mueble, ya que la tradición familiar lo había conservado durante tres siglos. Diez señores de los Walford habían muerto en esa cama o bien los habían acostado sobre ella una vez muertos, mientras esperaban su propio entierro. Yo era el undécimo señor en la línea de sucesión desde la época de la cama, y no moriría en ella, ni sería recostado sobre ella después de mi muerte. Y para asegurarme de ello, no había otra salida que, aprovechando mi juventud y mi fuerza, lanzarme sobre la cama, hacha y sierra en mano, y destruirla por completo.

No temía a la muerte más que a mis antepasados, pero me molestaba que la tradición y la costumbre familiares me ordenaran morir en un lugar determinado. Me rebelé ante la idea de tener asignado un lugar concreto para acostarme y morir, un lugar tan cargado de asociaciones funestas como la antigua cama con forma de coche fúnebre. No podía soportar la idea de que, por mucho que me alejara de allí, debía al fin regresar a este lecho de muerte, y aquí, entre almohadas sofocantes y pesadas cortinas, terminar mi vida exactamente donde había comenzado.

¿Es este espanto y horror de mi infancia la obligada meta hacia la que camino? Cuando me encuentre navegando en medio del océano, con el barco surcando su camino a través de las olas del mar, ¿estaré solo avanzando, tarde o temprano, hacia este lecho lúgubre? Cuando, en la cumbre de las montañas, respire el aire penetrante de las alturas, ¿es para terminar apartado de la luz y el aire? Cada paso que dé, cada viaje que haga, ¿debe ser solo una etapa en el camino que termina en las almohadas sofocantes de este lecho de muerte? No, y mil veces no... y estrellé mi hacha contra el piecero.

¡Cuán vívidamente aparecieron ante mi mente tanto los muertos como los vivos que habían ocupado este antiguo lecho! Aquí había yacido Ralph Walford, muerto en las Guerras Civiles, luchando por el rey; llevaron su cadáver a casa y lo tendieron en lo que había sido su lecho nupcial, a la espera de su entierro. Y aquí murió la joven viuda del escudero Ralph, quien, poco tiempo después del triste regreso a casa de su marido, dio a luz al hijo póstumo de este, y nunca más abandonó esta cama de mal agüero hasta que la sacaron con los pies por delante. El hermano de Ralph Walford, Heneage, el siguiente señor, se propuso adornar la vieja cama con tapices de color dorado y carmesí —para olvidar que el cadáver de su hermano había yacido allí, que su hijo huérfano había nacido en aquella cama y que su viuda había muerto en ella— y con el ingenio del tapicero, transformar así un coche fúnebre en un lecho nupcial.

Tiempos más brillantes llegaron a nuestra familia con la Restauración. Habíamos derramado nuestra sangre y gastado nuestro tesoro para apoyar la causa del rey, por lo cual él no permitió que quedáramos sin recibir los honores; pues, poco después de su gozosa restauración, su graciosa majestad se encontraba realizando un viaje a quince kilómetros de Walford Grange, y, como sucedió que cayera una tormenta y no había ninguna otra casa de noble linaje cerca, dispuso en aquella ocasión pasar la noche bajo el techo de su fiel sirviente Heneage Walford.

Mi padre me contaba a menudo la historia de esa memorable visita, tal como había sido transmitida de generación en generación. ¡Qué gracioso e ingenioso era su majestad el rey! Qué alegre y vivaz, tan poco preocupado por el asesinato de su real padre, o por las graves desgracias que sobre su casa pesaban, como por las vidas perdidas de aquellos valientes, ¡y de todas las familias empobrecidas por su causa!

El escudero Heneage era un hombre leal al rey entre los que más, sin embargo, se le escuchó decir que fue un día maldito para él cuando su graciosa majestad lo honró siendo su invitado, ya que le hizo perder los estribos a su esposa, la señora Johanna, y ella nunca volvió a ser la mujer de antaño. Ella se quejó y se lamentó de que el rey no hubiera nombrado caballero a su esposo, para que ella pudiera subir un peldaño por encima en la jerarquía de la escudería. Pero le quedó un consuelo duradero de la visita real. Y esto era que, tanto al llegar como al partir, el rey la había saludado, y ella había descrito con gran detalle la real forma de besar, que afirmó difería de la de los hombres comunes. La sirvienta de la señora Johanna, Anne Grimshaw, dijo que el rey también la había saludado. Pero esto fue algo que no quiso escuchar la dama, y cuando apeló al escudero Heneage, él dejó la molesta pregunta en paz al dar su opinión al respecto, y juzgándolo como una cuestión de probabilidad, pues era más probable que una mujer vanidosa mintiera, que su sagrada majestad besara a Anne Grimshaw, que vaya aspecto tenía con aquella cara tan fea.

Si me he extendido un poco sobre el hecho de la visita del rey a Walford Grange, no es tanto por las muestras de su favor real que se complació en otorgar a mis antepasados, sino porque pasó la noche en la mejor alcoba, en la gran cama de roble con sus atrevidos tapices nuevos. Pero al rey le atormentaron unos terribles sueños y se despertó por la mañana demacrado y cansado, como si lo hubieran poseído las brujas. Y eso lo atribuí a una influencia maligna de aquella misma cama fúnebre, y me ensañé de nuevo contra ella.

Durante mucho tiempo me había prometido a mí mismo este placer de alegre destrucción, cuando me llegara el turno de ser el amo de Walford Grange. Mi padre había muerto en esta cama hacía tres años y, desde entonces, yo me había pasado el tiempo viajando por el sur de Europa, impulsado en parte por la inquieta curiosidad de la juventud y, en parte, por la creencia de que ningún señor de los Walford había cruzado los mares antes. Algunos de los hijos menores y de los familiares despilfarradores de nuestra familia se habían aventurado en tierras extranjeras, en busca de la fortuna que les fue negada en casa, pero el cabeza de familia jamás. Mi padre rebatió todos los argumentos o aspiraciones que yo pudiera defender sobre el tema de viajar y declaró con lo que le pareció concluyente: un hombre ya ve suficientes cosas incomprensibles en su propio país, sin tener necesidad de ir al extranjero para aumentar su confusión. Pero, cuando regresé a casa, me apresuré a llevar a cabo mi propósito, en lo que a la odiosa cama de mis antepasados respecta.

¡Qué pesar se impuso en toda la casa cuando comprendieron lo que yo estaba haciendo! Y, cuando yo y Gillam, el carpintero, y su ayudante —tras descolgar las pesadas cortinas de la cama—, procedimos a desarmar los paneles del dosel de roble tallado. La señora Barrett, la fiel y anciana ama de llaves, estaba de pie, enjugándose los ojos y lamentando mi impiedad.

—¡No lo haga, señor, no lo haga! ¡Puede que aún necesite una buena cama de plumas para morir! Una cama como esta para yacer y morir, y esperaba veros acostado en ella, como su pobre padre antes que usted.

No sé qué esperanza de vida creía tener la señora Barrett, pero ella tenía sesenta y cinco años y yo veinticuatro.

—Mi buena señora Barrett, he tomado la determinación de que esta cama verá su fin. No alimentaremos con más cadáveres sus voraces fauces. Pero si son las plumas por las que te lamentas, muy bien puedes forrar tu lecho con la ropa de cama, pero la cama en sí tiene los días contados.

—Qué decís, señor, la cama en la que encontraron muerto a su tío abuelo Geoffrey, tras acostarse una noche cuando se encontraba tan bien y tan saludable como siempre, y gastando sus bromas impías, ¡que el Señor se apiade de él! La misma cama en la que yació el abuelo de usted dos años completos antes de morir, y toda la casa escuchó sus quejidos; y donde acostaron a su tía Hester con el agua goteando, goteando, de cada miembro, cuando la trajeron ahogada del arroyo.

—Sí, mi buena señora Barrett, por estas mismas razones la cama debe desaparecer.

Comenzó entonces Gillam, mientras se quitaba la gorra de papel y se limpiaba la frente:

—Pues como no parece natural dormir en la cama, después de que tantos parientes de usted hayan estirao la pata en esta misma cama, ¿por qué no venderla, señor, a algún desconocido? Ese panel con la hiedra y los frutos es una talla muy bonita pa'cabar cortándola pa'cer leña.

—No, Gillam, no la venderé. El hombre que aceptara dinero por la cama en la que murieron sus antepasados estaría vendiendo sus huesos para hacer mangos de cuchillos. Además, la cama ya ha durado lo suficiente; ha prestado sus servicios a mi familia para morir en ella durante diez generaciones. Es de mi propiedad, Gillam. ¿No voy a poder hacer lo que guste con lo que es de mi propiedad?

—Ay, pues sí, señor; que leyes no hay que impidan a un hombre cometer locuras como le plazca con lo que es suyo. Pero yo me pongo en el pellejo del buen hombre que hizo el armazón de la cama, y no me gustaría pensar que, doscientos o trescientos años más tarde, mi trabajo ib'acabar en el leñero.

—No te inquietes, Gillam; tú y yo no vivimos en una época que produce trabajo duradero. Nuestra carpintería de cola y tinte no se hace con miras a la posteridad.

—Pues señor —continuó Gillam, volviendo a su primera idea—, si no va'vender el armazón de la cama, ni entero ni por partes, ¿qué le parece si llevo los paneles con la hiedra tallada en ellos? Ya le busco yo algunos trozos de madera mejores pa'l fuego.

—No me importa darte la vieja talla de hiedra, Gillam —le dije—, pero solo con la condición de que nunca vuelva a ver nada de ella, bajo ningún otro aspecto.

—Se lo juro, gracias, gracias. Lo convertiré en algo que le va'sorprender.

Habiendo accedido a su petición no muy convencido, lo vi

apartar dos o tres hermosos paneles, ricamente tallados con ramas de hiedra, como rescate del siniestro total. Si los tétricos horrores de la vieja cama no me hubieran devorado el corazón, jamás habría puesto la mano en tal obra de destrucción. Debí al menos haber salvado el piecero con su talla en altorrelieve de Adán y Eva debajo del árbol, una serpiente con cabeza de hombre enroscándose alrededor del tronco, y las ramas dobladas bajo su carga de frutos. Pero no podía mirarlo sin pensar en los ojos moribundos que habían fijado su mirada mortecina en él, así que mi hacha y mi sierra hicieron estragos en una obra de arte. Cuando el suelo estuvo cubierto de trozos de madera y los hombres se limpiaban las caras acaloradas, sentí una extraña ligereza en el corazón, una cómoda sensación de que el trabajo pospuesto por fin se había realizado felizmente.

—Gillam —le dije—, había suficiente madera en esa cosa enorme para construir un buque de guerra, cortinas para hacer sus velas y suficiente cuerda para todo su aparejo.

—Ay, hubo... —Y, arrojando apresuradamente sus herramientas en la canasta, agregó, con socarronería, así pensé—: ¿No habrá nada más que pueda ayudarle a derribar o destrozar, señor?

Pronto descubrí que mi duro trabajo de destrucción me había beneficiado en más de un sentido. No solo me había librado de la insoportable sensación que me oprimía el pecho sino que corrió entre los vecinos mi reputación de excéntrico, la cual mantuve después, con poco esfuerzo, y la encontré de gran utilidad. La realización de mi propósito, que había acariciado durante largos años, fue considerada como evidencia de una disposición salvaje y sin ley, al borde del trastorno mental. Noche tras noche, en la taberna, Gillam contó a un público boquiabierto la historia de la escena de destrucción en la que había participado con gran profesionalidad. Y fue exagerando el relato hasta el punto que —sin proponerse en lo más mínimo mentir—, añadió que era tal la rabia del señor contra la vieja casa que se había visto obligado a amenazarle con el destornillador para que no derribara la repisa de la chimenea y el friso.

Evidentemente, yo era un hombre a quien resultaba imprudente frustrar o contradecir. Mis sirvientes salían volando a la menor orden con una presteza que no había observado antes. Mis deseos se cumplían en el acto, no se cuestionaban mis órdenes y todo cuanto yo decía era aceptado con servilismo. Si bien estaba en pleno uso de mis facultades mentales, como mis vecinos juzgaron que me hallaba al borde de la locura, me aproveché de la libertad que me dio para hablar y actuar como me vino en gana. Su apresurado juicio me había liberado del vasto dominio de los códigos de conducta. Podía hacer cualquier cosa por muy extravagante que fuera, y aun así esto quedaba ensombrecido por haber destruido la cama de roble de mis antepasados.

Empecé a sentirme solo en Walford Grange. La buena señora Barrett murió repentinamente, y al quedarme solo, deseé que alguien me hiciera compañía y me diera conversación en las largas noches, ya que ni siquiera el luminoso fuego que ardía en la chimenea era capaz de satisfacer todos mis anhelos de alegre compañía. No habría sentido deseos de casarme de haber tenido un hermano que viviera conmigo, que compartiera mis pensamientos y pasatiempos, y que, a su vez, fuera él quien se casara para preservar el apellido de la familia. Pero yo era el último de mi familia, y no tenía intención de permitir que tan antigua estirpe se extinguiera.

Comencé a pensar seriamente en casarme, aunque no tenía ni idea de con quién, porque hasta entonces no había visto a la mujer con la que me gustaría casarme, ni podía suponer tampoco que alguien me pretendiera. Pero cuando un hombre toma la decisión de casarse, y se embarca en un viaje por tierra y por mar, resuelto a no regresar jamás a su casa hasta que traiga una esposa con él, resultaría extraño si no pudiera llevar a cabo su propósito.

Sucedió que conocí a mi esposa inesperadamente, y donde debiéramos pensar que era el lugar menos probable para conocerla, en América, en una cabaña de troncos del lejano oeste. Se llamaba Grace Calvert, y solo tenía dieciocho años. Era bella y fresca como una flor que se despliega, y llena de alegría y vitalidad propia de su edad y su crianza libre y sencilla. Me enamoré de ella a primera vista, y nos casamos después de un corto noviazgo, porque había logrado el propósito de mi viaje, y mi joven esposa se moría de curiosidad e impaciencia por conocer Inglaterra. Ella tenía una concepción más romántica de la tierra de sus antepasados, y me maravilló porque creía que cada pueblo en Inglaterra contenía una iglesia, imponente y venerable como la Abadía de Westminster, y estaba rodeada de colinas coronadas por amenazadoras fortalezas.

Grace nunca había visto casas construidas con ladrillos o piedras, y de no haberle mostrado una fotografía de Walford Grange, habría sido imposible que se hiciera la idea de un objeto tan extraño, ya que no había nada dentro de los estrechos límites de su experiencia con la que compararlo. Su imaginación se agitó con la imagen de la vieja casa. No se le escapó ningún detalle, desde las chimeneas acanaladas hasta los asientos de piedra en el amplio porche. Las ventanas salientes, con sus cristales con forma de diamantes, complacían más que nada a mi joven esposa, y sobre todo ella admiraba las amplias ventanas de la mejor alcoba, en la que unos dos años antes había yo llevado a cabo mi destructora voluntad contra la cama de mis antepasados. La habitación estaba ahora desnuda y despojada de muebles y, desde la muerte de la señora Barrett, yo la había mantenido constantemente cerrada bajo llave.

Grace estaba fascinada con la ubicación de la habitación, con su gran ventana sobre el porche, que daba a la avenida de árboles de lima por la que se accedía a la casa, y al campo, y la línea de las bajas colinas que lo rodeaban en el horizonte.

—Esa habitación debe ser más luminosa que las de la planta baja —dijo—. Mira cómo sobresale la planta superior y proyecta una sombra sobre las habitaciones inferiores. Haremos de ella nuestra sala de estar, ¿no te parece?

La petición hizo que me diera un vuelco el corazón, y sentí que ni siquiera la compañía de mi joven esposa podría animarme a vivir en la habitación donde había permanecido durante tanto tiempo la cama fúnebre. Le di largas, ni concediendo ni negando su petición. Le rogué que esperara, hasta que pudiera ver por sí misma, cuánto mejor se adaptaban a la comodidad de la vida cotidiana las habitaciones de la planta baja en comparación con las de la planta superior. En su corta vida, Grace no había estado a más de treinta kilómetros del lugar donde nació, y temí que yo podría terminar por alejarla del todo de cuanto amaba y de aquello con lo que estaba familiarizada, y que podría resultar demasiado doloroso.

Hubo un breve río de lágrimas al separarse de los seres queridos con los que no volvería a juntarse jamás, pero fue como lluvias de abril seguido de sonrisas. Cada arrebato de llanto era de menor duración, y los intervalos soleados entre ellos fueron más largos, hasta que, al cabo de unos pocos días, Grace volvió a brillar en todo su esplendor. La emoción del viaje resultaba tan arrolladora como para tragarse cualquier otro sentimiento.

Llegamos a nuestra casa una tarde de noviembre, mientras el sol poniente asomaba a través de una grieta entre las nubes, y sus rayos sobre la superficie iluminaban cada ventana con un resplandor rojo. Mientras conducíamos por la avenida sin hojas, cayeron pesadas gotas desde las ramas desnudas que colgaban por encima de nuestras cabezas, y Grace, aferrada a mi brazo, dijo en un susurro asustado:

—Ay, Humphrey, ¡esa luz en la ventana no es como el sol! ¡Parece como si tu antigua casa estuviera en llamas! —Y levantando los ojos capté por un momento el efecto completo de la ilusión. Pero, al hundirse el sol en su colchón de nubes, el resplandor rojo se desvaneció de las ventanas y las volvió sombrías y tenebrosas.

—Querida, ¡bienvenida a tu casa inglesa! —dije, y tomé a mi joven esposa de la mano y la llevé escaleras arriba por la ancha escalera de roble; y, antes de que nos sentáramos a cenar, ya la había llevado a recorrer toda la casa desde el desván hasta el sótano —precediéndola con una vela en la mano— a través de las habitaciones que iban quedando a oscuras.

Ella mostró una profunda admiración por la casa y sus muebles, pero los viejos retratos e imágenes familiares la entusiasmaron sobremanera, ya que Grace nunca había visto nada más venerable o más viejo que sus abuelos y la casa de troncos en la que nació. Cuando sus arrebatos de tristeza se apaciguaron lo suficiente como para permitirle comer un poco, y nos sentamos a cenar en la sala de roble, mi joven esposa dijo de pronto:

—Humphrey, en una casa como esta tendría que haber un fantasma.

—¿Y por qué? —pregunté, mientras sonreía ante su expresión extremadamente seria.

—Porque tantas generaciones de hombres y mujeres no pueden haber nacido y muerto en esta casa sin dejar algún rastro de sí mismos para nosotros que nacimos después. —Y comprobé que las obras de ficción habían penetrado en el lejano oeste, porque Grace había estado leyendo novelas románticas.

—Me niego a hablar de fantasmas durante la cena —dije—. El desayuno es el mejor momento para una conversación así. Se prohíbe pronunciar una palabra más sobre el asunto más allá de las doce del mediodía; y me levanté, y cogiendo una de las velas, la sostuve para enfocar la luz sobre una pintura oscura que había sobre la repisa de la chimenea, y pregunté:

»¿Sabes quién es ese?

Mi joven esposa examinó el retrato, con la cabeza inclinada, dudosa. Su rostro reflejaba desconcierto.

—No me sorprende que no sepas quién es ese hombre de aspecto oscuro y siniestro, porque en los bosques de América no se cuelgan retratos de Carlos II. Sí, ese es el rey Carlos; y el aire melancólico de sus rasgos debe ser meramente una expresión heredada. En verdad, su temperamento resultó bien distinto, pues pasó por el dolor y la tragedia con despreocupación. Una vez pasó una noche en esta misma casa; recordamos la histórica visita con gran cantidad de detalles pintorescos, que conservamos hasta el día de hoy.

—¡Oh, qué maravilloso solo de pensarlo! —dijo Grace con entusiasmo—. ¿Y el rey habría cenado en esta misma habitación donde tú y yo estamos ahora?

—Sí, en esta misma habitación, ¿y te gustaría saber qué cenó?

—No, no siento curiosidad por ese tipo de cosas. Quiero saber qué aspecto tenía el rey, cómo iba vestido, y en cuál de esos solemnes dormitorios de arriba durmió. Sin duda, aún tendrás la cama en la que durmió el rey.

—No —respondí con decisión—. Estoy seguro que no la tenemos.

—Entonces mañana, Humphrey, me mostrarás la habitación en la que durmió el rey, y la cama me la imaginaré.

¡Que se podía imaginar la cama! Mi joven esposa no tenía ni idea de lo que estaba hablando. Al día siguiente sucedió lo que cabría esperarse. Yo caminaba por el jardín cuando Grace se me acercó, y deslizando su mano a través de mi brazo, me arrastró hacia el porche.

—Ves esa gran ventana —dijo, señalando hacia ella mientras hablaba—; esa es la que yo admiraba tanto en la fotografía de la casa. He mirado a través de todas las ventanas menos esa, y me imagino que la habitación debe estar cerrada, porque no puedo abrirla, así que he venido a buscarte para que la abras para mí.

Caminé en silencio a su lado mientras ella me llevaba a la casa y escaleras arriba en dirección a la puerta de la odiosa habitación, y tan animada iba ella que no callaba, y no se dio cuenta de que yo no había pronunciado una sola palabra.

—Esta es la habitación —dijo alegremente, y giró el pestillo de un lado a otro, diciendo mientras lo hacía:

»Ya ves que está cerrada con llave.

—Sé que lo está —respondí con aspereza.

—Entonces, ve a por la llave y ábrela. —Y Grace apretó y movió la manilla de la puerta con violencia.

—Querida, haz el favor de no pedirme que abra esa puerta, porque no lo haré.

—¿No hacer lo que te pido que hagas? ¡Qué cruel por tu parte! —Los ojos de ella se llenaron de lágrimas.

Supe que mi joven esposa me tuvo por un bruto, pero todo cuanto pude decir fue:

—Pídeme cualquier otra cosa que esté en mi poder y yo la haré por ti, pero solo esto, esta pequeña cosa, te ruego que no me pidas que haga.

—Si admites que es una cosa tan pequeña, no puede haber ninguna razón por la que debas negarte a concederme una petición tan trivial —insistió Grace—. Cuando te pido simplemente que abras una puerta en tu propia casa, y te niegas a hacerlo, solo puedo pensar que no me amas, o que hay algún misterio horrible en torno a esta habitación que deseas ocultarme. —Y enjugó una primera lágrima, que provenía más de la indignación que del dolor.

—Mi querida Grace, no hagamos una tragedia de esto. No hay ningún secreto relacionado con esta habitación del que haya oído hablar, y te amo tanto que no puedo soportar verte preocupándote por ideas absurdas. La cuestión es esta. Tengo un sentimiento... llamémoslo superstición, lo que quieras...pero tengo un sentimiento que me dice que iba a resultarme muy doloroso abrir esta puerta y llevarte dentro de la habitación. ¿Y qué placer podría haber al mirar una habitación vacía y sin amueblar? Una habitación vacía como cualquier otra habitación vacía.

—Pero yo debería ponerme manos a la obra y amueblarla de inmediato.

—Dejémoslo —dije, retirando con delicadeza su querida mano, la cual se aferraba a la cerradura—. Repito, tengo un presentimiento sobre esa habitación que me impediría ser feliz en ella. —Y agregué frívolamente:

»Que mi Eva no arruine nuestro paraíso anhelando la fruta prohibida—. Pero Grace replicó enseguida:

—No fue Adán quien prohibió a Eva comer del fruto. Si hubiese sido así, no me parece que habría causado un gran daño al desobedecerle. —Y no dijimos nada más sobre la puerta cerrada, pero una nube se había interpuesto entre nosotros, y la dulzura tan pura de nuestra felicidad del principio se perdió.

Un día, unas semanas después de esta locura, cuando yo comenzaba a tener la esperanza de que mi joven esposa habría perdido la curiosidad, vi por su manera forzada e incómoda que algo había sucedido que la perturbaba.

—Mi querida Grace, ciertamente, no pareces feliz esta mañana, ¿por qué no me cuentas lo que te aflige? —le pregunté.

Su voz tembló y su rostro se sonrojó mientras respondía:

—Humphrey, no pensé que fueras capaz de contarme una mentira.

—Criatura, ¿qué quieres decir? No hablamos de lo mismo. Ten la bondad de explicarte, para que dejemos de malinterpretarnos.

—Me dijiste que el gran dormitorio que mantienes cerrado estaba vacío.

—Así es —dije, impaciente ante esta escena infantil—. Pero ¿cuál es la mentira que te he contado?

—Pues que la habitación no está vacía. Puedo probar lo que digo.

—¡Que la habitación no está vacía! ¡Tonterías! Guardo la llave, y nadie más que yo mismo ha entrado en ella en estos dos años.

—¿Cómo puedes insistir en tal falsedad, Humphrey? No me avergüenza confesar que miré por el ojo de la cerradura (me pregunto por qué no lo había hecho antes) y vi en medio de la habitación, entre la puerta y la ventana, una enorme cama vieja. Solo podía ver los dos postes, pero iban hasta el techo, y el piecero era alto y ricamente tallado, y las cortinas de un verde oscuro y triste. Así que me has engañado en lo que concierne a la habitación, y me temo que hay algún secreto relacionado con ella que no te atreves a contarme. ¿Qué te pasa, Humphrey? —Y mi esposa se levantó con una exclamación aterrorizada, porque pensé que me estaba desmayando, y toda mi vida pareció volatilizarse.

—Grace —dije, cuando me quité de encima la sensación que me oprimía—. Vayamos de inmediato a esa desafortunada habitación y resolvamos esta absurda disputa. Dices que la habitación tiene muebles, yo digo que está vacía. Veremos cuál de nosotros tiene razón, y luego nunca volveremos a mencionar el tema. —Y le pedí a mi esposa que viniera conmigo y se asegurara de que la habitación estaba, como dije, absolutamente vacía y sin amueblar.

Mi mano tembló al girar la llave, y tras abrir la puerta de un golpe que hizo tensar las bisagras, entramos juntos en la habitación.

Grace retrocedió con un grito ahogado, y cubrió su rostro con las manos.

—¿Adónde fue la gran cama que vi de pie en este mismo lugar? No puedo haber sido engañada. ¡Oh, Humphrey! ¿Por qué me gastas bromas tan crueles? Me aterras.

—Mi joven esposa —dije, comportándome con una alegría que estaba lejos de sentir—. Todo esto pasa por tu arrogante curiosidad. Si mi querida niña se hubiera contentado con dejar que mantuviera esta puerta cerrada, no habría sentido tanta curiosidad que casi pierde la cabecita, y ha comenzado a ver ilusiones fantasmagóricas con muebles domésticos. Y debido a ello, lo que crees que viste no fue más que la criatura de tu propia imaginación, que ha estado tanto tiempo dándole vueltas a la idea de amueblar la habitación que tú no necesitas más que espiar a través del ojo de la cerradura, ¡y, hala, ya está! ¡Hecho!, y las camas y las mesas se ponen en marcha a tus órdenes. Pero, de aquí en adelante, puedes entrar en la habitación tantas veces como quieras, solo que no viviremos en ella, y no quiero que esté amueblada.

Esto pareció satisfacer a Grace, y aunque no pude convencerla completamente de que la gran cama que ella había visto, cuando miró a través del ojo de la cerradura, era una ilusión engendrada por la curiosidad y una imaginación muy viva, sin embargo, con la puerta de la habitación abierta, sintió que tenía cierto control sobre cualquier truco que, en el futuro, pudiera hacerle yo.

Me inquietaba mucho lo que ella me dijo. No le había contado ni una palabra a mi esposa sobre la destrucción de la cama de mis antepasados. La señora Barrett había muerto antes de casarnos, y yo había cambiado de sirvientes después de su muerte y, al no mantener ninguna relación con nuestros vecinos, Grace no podía haber escuchado a nadie la historia de la espantosa vieja cama, que, sin embargo, ella me había descrito con tal lujo de detalles.

Ya no podría contarle la verdad. Le pondría los nervios de punta, y la dejaría impresionada con la idea de que había algo raro en la casa. Ojalá no hubiera destruido la vieja cama. Mucho mejor habría sido que ella hubiera conocido la triste realidad que contemplar esa presencia, que no se trataba ni de la materialización de la memoria ni de la vívida representación forjada desde la imaginación. Probé a invocar una alucinación similar, pero en vano. Aunque mi recuerdo de la antigua cama era perfecto, y cada detalle estaba grabado en mi mente, jamás había logrado materializar tal imagen, por mucho que me esforzara.

Grace recuperó por completo su habitual alegría, y en la primavera estuvo ocupada haciendo mil pequeños preparativos para la esperada llegada de un bebé, que iba a eclipsar a cualquier recién nacido del mundo. No me podía creer lo obstinada que podía llegar a ser mi esposa, cuando, después de todo lo que había dicho sobre la habitación vacía, ella me preguntó un día si no podría convertirse en la habitación de los niños.

—¿No recuerdas, querida, que dije que no íbamos a decorar esa habitación? —dije.

—Oh, por supuesto, no vamos a amueblar la habitación; el cuarto de los niños no necesita muebles; pero es con seguridad la habitación más alegre y soleada de la casa.

Y de nuevo yo tuve que mostrarme inhumano y negarle a mi joven esposa una petición tan pequeña.

Una mañana, mientras estaba sentado en mi habitación enredado con las cuentas, Grace vino a decirme que iba a conducir a la ciudad del condado, a unos doce kilómetros de distancia, para ir de compras, como a ella tanto le gustaba. Le dije que si esperaba hasta el día siguiente, podría acercarla yo mismo, pero ella le dio unos toquecitos al barómetro de pared, el cual llevaba parado algún tiempo en buen tiempo, y me aseguró que llovería al día siguiente, y que debía aprovechar el buen tiempo aquel mismo día. Partió pues en el carruaje mi querida testaruda, se despidió con una alegre inclinación de cabeza mientras el carruaje se alejaba de la casa.

Grace regresó a última hora de la tarde, venía muy animada y traía consigo un paquete enorme; solo a una campesina o a una mujer como a mi joven esposa del lejano oeste se le ocurriría llevar un paquete tan grande en un carruaje descapotable. Debió de costarle al cochero conducir con aquello por todas las calles de la ciudad del condado.

—¿Qué se te ha ocurrido traer a casa? —le pregunté.

—Ah... —dijo riendo—. ¡Voy a poner a prueba tu curiosidad ahora mismo! Cualquier otra cosa que quieras saber te la diré, pero no puedo revelarte nada sobre este misterioso paquete.

—Entonces, quítalo de mi vista —dije; no vaya a ser que encuentre algún agujero en el envoltorio para espiar a través de él. Deberías saber qué pasión más devoradora es la curiosidad.

Al cargar escaleras arriba con aquel imposible paquete, su envoltorio se desprendió y reveló un par de mecedoras de roble negro. Pero no dije nada; Grace debía contarme su pequeño secreto a su manera, y en su momento.

Nos considerábamos las criaturas más felices del mundo cuando nació nuestro pequeño hijo Heneage. Las sombras que anidaban en la casa, tras la muerte de muchas generaciones, se atenuaron con la alegría del nacimiento, y la vida de mi pequeño fue como la bellota, que brota y hace crecer el vigoroso tallo a través de la tierra, alimentada por las hojas caídas de miles de otoños. En el tercer día de nuestra felicidad, mi esposa me mandó llamar, y me dijo que tenía una sorpresa muy bonita para mí.

—Ahora puedo contarte todo sobre el gran paquete misterioso. Era una hermosa cuna pasada de moda que compré en Carlyon a un hombre llamado Gillam, que tiene una tienda de muebles viejos aquí. Me enamoré de ella al instante, porque sabía lo bien que se adaptaría a esta casa con su viejo roble. Gillam dijo que podía jurar que era un trabajo antiguo; de hecho, dijo que, originalmente, era parte de una buena cama de un pobre loco caballero del barrio que, a decir verdad, la había destruido en un ataque de histeria, pero tuvo la suerte de salvar una parte del destrozo, y lo rehízo en esa cuna, y al bebé se le ve precioso en ella. Me temo que le di una gran cantidad de dinero por ella, pero una no se encuentra con una cosa tan hermosa todos los días. —Y la niñera quitó una pantalla de delante de la cuna, haciendo que su belleza irrumpiera de pronto y con mayor fuerza.

Sentí un sudor frío en la frente mientras reconocía, en la parte alta y la cabecera de la cuna, la talla de las ramas de hiedra y las bayas que tan inconscientemente le había regalado a Gillam cuando destruí la vieja cama.

—Pensé que te alegraría tanto —dijo Grace, decepcionada ante mi silencio que me tenía allí de pie, hechizado, reconociendo cada línea de la odiosa talla—. Pensé que te alegraría tanto ver al bebé dentro de una cuna realmente digna de él.

Pero me había quedado mudo; sentía una opresión en el pecho con el presentimiento de una terrible fatalidad.

—No estás siendo muy amable —dijo Grace—. Había preparado una bonita sorpresa para ti, y en lugar de alegrarte, te quedas ahí de pie y suspiras y miras como si acabases de ver un fantasma. Nana, saque al bebé de su preciosa cuna; ¡hay que encontrarle una cuna corriente de mimbre para que duerma en ella en lugar de en esta!

Y la niñera hizo lo que su señora le ordenaba, y levantó al pequeño Heneage de su cuna mortuoria; pues mientras nosotros hablábamos, la corta vida del bebé veía su fin.

No recuerdo nada de lo que ocurrió en aquellos días durante las semanas siguientes. Me consumía por temor de que mi esposa también muriera. Seis semanas después de la muerte de nuestro hijo, la bajé en brazos por las escaleras, y esta fue su única señal de recuperación. Permaneció en el mismo estado de convalecencia, anclada en el dolor, con los nervios destrozados, y tan débil, en cuerpo y alma, que no me atreví a contrariarla en nada. Mientras se acercaban los días oscuros y sin sol del otoño, mi joven esposa me dijo como si nunca antes hubiéramos hablado sobre el tema:

—Quiero la gran habitación vacía amueblada como mi sala de estar, Humphrey. A ratos, tendré un poco de sol allí para animarme durante tu triste invierno inglés, y me divertirá amueblarlo.

Al contemplar su rostro pálido y melancólico, sentí que nada me importaba ya, y le dije:

—Haz exactamente lo que quieras, querida, en todo. —Su apatía le impidió agradecerme.

Sin embargo, el proyecto para transformar la lúgubre habitación en una habitación luminosa sucedió inmediatamente, pues Grace, de una sacudida, sentenciaba:

—¡No más viejos muebles de roble!

Mi joven esposa iba siempre de un extremo al otro, y ahora, con su manía en contra de la vieja madera de roble, le dio por llenar la habitación con muebles baratos y de mal gusto, con sillas hechas con cerillas doradas y atados con cintas, que se hundirían en cuanto un gato saltara sobre ellas.

Participé de todas sus pequeñas fantasías y fingí una profunda admiración por cada idea nueva que se le ocurría sobre el tema de la decoración. Hice todo cuanto ella quiso, incluso colocar su sofá en el mismo lugar donde había estado la odiosa cama. Y así fue que se vino abajo mi resistencia, y yo, que hacía tres años había intentado por la fuerza engañar al destino, trabajaba ahora, sin darme cuenta, para hacer que este se cumpliera. No tardó mucho en llegar.

Una tarde gris de noviembre, Grace estaba echada en su sofá. Se había tapado con unos echarpes suaves y las cortinas de las ventanas estaban echadas, para que entrara la mayor cantidad de luz posible. El resplandor del sol poniente iluminaba la habitación, y le daba un tono más vivo a la palidez grisácea de su rostro.

—¡Qué parecido al día que vine por primera vez a Walford Grange! —dijo—. El sol se está poniendo con la misma intensidad. Haz el favor de ir al jardín, Humphrey, y mira si las ventanas brillan con la luz roja como lo hacían entonces.

Y salí afuera, cumpliendo lo que me pedía.

Vista desde el jardín, la casa tenía exactamente el mismo aspecto que tenía el día de nuestra llegada. Desde la buhardilla hasta el sótano, todas las ventanas brillaban de color rojo con la luz del sol poniente, como si ardieran por dentro. Todo sobre cuanto se posaban mis ojos era como lo había sido hacía un año. Solo Grace y yo habíamos cambiado. Habíamos cambiado nosotros mismos, y nos habíamos cambiado el uno al otro. Me inquietó el aspecto inmutable de la naturaleza y de las cosas inanimadas a mi alrededor, y entré en la casa, ahora oscura en contraste con el crepúsculo exterior, y regresé a la habitación de mi esposa con el corazón apesadumbrado.

—La casa tiene el mismo aspecto que tenía cuando la viste por primera vez —le dije—. Hasta que se puso el sol detrás de la colina, las ventanas han brillado con el mismo extraño efecto del fuego que advertiste hace un año. —Y arrojé un nuevo tronco sobre las brasas mientras hablaba, y las chispas se dispararon e iluminaron la ancha chimenea—. ¿Enciendo las velas? —pregunté, volviéndome hacia el sofá de mi esposa—. La habitación se está quedando a oscuras. —Pero no hubo respuesta. Estaba hablando con los muertos.

En vano había tratado de apartar a la vieja cama de su presa, porque allí, en el mismo lugar donde había estado durante tres siglos y donde habían muerto generaciones de mis antepasados, la esposa del último de los Walford yacía muerta.

Enterré a mi dulce Grace junto a nuestro pequeño hijo, y en la noche del funeral, solo, en mi desolado hogar, concebí la idea de liberarme para siempre del gran mal que había recaído sobre Walford Grange. Envié a todos los sirvientes lejos. Me quedaría a solas en la casa con mi pena.

Cuando me aseguré de que estaba solo en la casa, fui rápidamente de habitación en habitación; sentía una extraña exaltación, hablando en voz alta y abriendo puertas y ventanas, hasta que el aire frío de la noche corrió a través de las habitaciones y los pasillos, y las cortinas y las colgaduras aletearon con el viento.

—Cuando destruí la vieja cama de la muerte —dije—, pensé que restablecía la alegría y el júbilo en Walford Grange. Pero no debería haber destruido solo la cama, sino la habitación en la que estaba, y la propia casa de la que formaba parte. Ningún hombre vivirá jamás en esta casa empachada de muerte. Nunca más se oirán la voz de la novia y del novio en sus aposentos, ni se oirán pisadas de niños en sus peldaños. Nunca más se encenderá el fuego, sometido al inofensivo uso doméstico, ni alumbrará el hogar, por el contrario, el fuego indómito y fiero devorará la maldita mansión.

Y agarré el tronco ardiendo de la chimenea y lo lancé al sofá donde Grace había muerto.

Portando un hierro encendido, me precipité de habitación en habitación de aquella condenada casa, e iba dejando en cada habitación una muestra ardiente de mi presencia, y luego, después de bajar por la ancha escalera —donde las sombras parpadeaban y se proyectaban desde cada puerta abierta, donde el silencio se rompía con el sonido crepitante de las llamas—, salí a la oscuridad, cerrando de un golpe la pesada puerta tras de mí.

Corrí a través del aire frío y húmedo, con la luna guiándome, a través de una grieta en las nubes, con su luz intermitente, hasta que, dibujando su mortaja alrededor de ella, me dejó de nuevo en la oscuridad. No giré, ni a la derecha ni a la izquierda, ni una sola vez, ni miré detrás de mí, hasta que hube alcanzado la cima de las colinas que rodeaban el valle. Entonces me quedé de pie y giré para echar un último vistazo a la casa de mis padres. Justo en ese momento la luna, emitiendo un frío esplendor desde su lecho de nubes, proyectó un brillo solemne en cada esquina. Y vi por última vez la casa donde nací, la cuna y sepultura de mi linaje, y todas las ventanas desde el sótano hasta la buhardilla brillaban con fuego, no un mero resplandor reflejado, sino rojo del fuego que se propagaba con furia en el interior, e imponentes llamas se disparaban con fuerza desde la ventana de la habitación sobre el porche.

Me quedé allí parado largo rato para ver el fuego que había provocado yo mismo, hasta que una repentina ráfaga de luz y una magnífica llama que saltó por el aire me anunciaron que el techo a dos aguas se había derrumbado; grité, me quité el sombrero y me despedí por última vez de Walford Grange.

EL MISTERIOSO MUCHACHO
(UNA HISTORIA DE CLARIVIDENCIA)

David Galbraith poseía una pequeña propiedad en East Lothian que explotaba con considerables beneficios. La tierra había pasado de padre a hijo durante doscientos años. Siempre había proporcionado un buen sustento a su propietario, pero nunca había sido tan cultivada ni había producido cosechas tan abundantes como bajo la liberal y hábil dirección de David Galbraith. La avena y las patatas cultivadas en su granja alcanzaban los precios más altos del mercado, y los tubérculos eran de calidad superior a los de cualquier otro cultivo de la comarca. La gran casa de piedra, de sólida construcción, en la que habían vivido y muerto generaciones de Galbraith, se alzaba en medio de la propiedad, protegida del viento del este por un cinturón de árboles en un terreno elevado. Y las viviendas de los trabajadores, igualmente bien construidas para resistir los fuertes vientos que soplaban a través del fiordo de Forth, eran a su vez modelos de confort decente. El ganado de la granja estaba bien alimentado y cuidado. Toda la propiedad daba evidencia de la riqueza, el ahorro y la inteligencia de su dueño.

Y la esposa de David Galbraith era rica y ahorradora como él. Ella también era hija de un terrateniente y agricultor de las Tierras Bajas, y había aportado a su marido una dote nada desdeñable, al tiempo que su laboriosidad y sus logros como ama de casa podrían haber servido por sí solas como dote del matrimonio. Ella también, al igual que su marido, procedía de una doble estirpe presbiteriana, gente digna y recta, que se aferraba a la fe y la práctica de sus antepasados; ortodoxa y ahorrativa, rendía culto como sus padres y con su misma firmeza no se desviaba ni un ápice del camino, convencida de que a ellos les estaban especialmente asignados no solo los bienes de este mundo, sino también los del venidero.

Galbraith no se casó hasta que fue un hombre de mediana edad. Pero por mucho tiempo había acarreado las preocupaciones del cuidado de la familia sobre sus hombros y sin placeres que aligeraran la carga. Era el mayor de seis hermanos y hermanas huérfanos, para quienes había hecho el papel de padre. Y no fue hasta que Colin, el último y más joven, abandonó Escocia para ir a pastorear ovejas en Australia, con el dinero que le prestó su hermano, que se sintió libre para casarse. Y ahora que su piadoso deber hacia su familia estaba cumplido, David Galbraith no dudó en tomar para sí una esposa en la persona de la señorita Alison McGilivray, una dama de unos treinta y cinco años de edad, con manos y pies grandes, ojos pequeños y grises, pómulos altos y una tez que delataba la exposición a un clima duro. Tenía una buena educación y era inteligente, y cuando hablaba con sus sirvientes y vecinos pobres, les hablaba de forma natural en el escocés de las Tierras Bajas que, al igual que su padre y su madre, mostraba orgullo de hablar.

A David y a su esposa solo les nació un hijo en aquella amplia casa donde había espacio y alimento donde acoger hasta una docena. Pero seguía siendo un hijo, y los Galbraith no estaban condenados a extinguirse. El niño fue bautizado Alexander, en honor a sus dos abuelos, ambos Alexander, por lo que no había posibilidad de disputa sobre cuál de las dos familias daría su nombre al niño.

Era un niño enclenque, pequeño y frágil, que aparentemente no había heredado nada de la fuerza y el vigor de los Galbraith y los McGilivray, ni se parecía a su padre o a su madre en sus rasgos. Parecía un pequeño extranjero que había venido a quedarse con ellos por un tiempo, y a menudo el frágil niño había estado a punto de partir dejando a los padres sin hijo. Los afilados y vigorizantes vientos, que eran vida y salud para ellos, lo congelaban y marchitaban. Se contagiaba de todas las enfermedades que pudieran contraerse y, cuando no había nada contagioso en los alrededores, se enfermaba de alguna propia, lo bastante grave como para haber tumbado a cualquiera que no fuera un enfermo curtido como él. El granjero de las Tierras Bajas solía inclinarse sobre la cuna de su bebé pálido como la cera, sostenía la respiración por el miedo que sentía al mirar a la enclenque criatura, y decía, hablando en escocés, como solía hacer cuando se emocionaba mucho: «¿Quién lo diría de un hijo mío, tan fuertes, saludables y bien parecidos como lo han sido siempre los Galbraith?».

Pero el bebé superó los problemas y peligros de su enfermiza infancia, y a los seis años de edad se convirtió en un delicado niño, con unos interesantes ojos grises en el pálido rostro y una luminosa chispa de intelecto en su gran cabeza. El médico de la familia, a cuyos incesantes cuidados Sandie debía su vida casi tanto como a los abnegados cuidados de su madre, impidió a sus padres que intentaran cualquier movimiento en lo que se refiere a una educación sistemática hasta que el niño tuviera ocho o nueve años.

—¿No podéis contentaros con dejarle tranquilo —decía—, y esperar a que el niño esté fuerte y sano antes de molestarle para que lea y escriba? Si lo abrasáis con letras y cifras, estaréis quemando la casa que está destinada a ser la morada de un alma noble; siempre que no estéis encima de él y lo dejéis en paz.

Y al pequeño Sandie le fue muy bien, aunque no supo leer ni escribir hasta mucho después de la edad en que los hijos de los campesinos que empleaba su padre podían deletrear un salmo y firmar sus nombres con letra grande y redonda. Pero el muchacho poseía una memoria tal como había sido más común en otra época cuando en el mundo no había libros a los que poder remitirse a cada paso, y su mente estaba llena de cuentos de hadas y viejas baladas fronterizas que su madre y su niñera le contaban o le cantaban en las noches de invierno.

Pero la señora Galbraith y Effie se cuidaron de no contarle nunca historias de carácter extraño o de fantasmas, porque el médico les había dejado claro que por encima de todo nunca debían asustar a Sandie.

—Porque si el chiquillo se asusta, no dormirá —dijo la astuta ama a la criada—, y tendréis que sentaros por las tardes junto a su cama, mientras oís a las criadas a la luz de las velas o paseando con sus mozos; pero si nunca le dejáis oír hablar de fantasmas y espectros, dormirá como un angelito, y mientras tanto podréis dejarle y salir a charlar con los vecinos como todos los demás.

Aunque la madre y la niñera, impulsadas por motivos diferentes pero de igual peso, ocultaron al niño todo conocimiento de lo sobrenatural, un buen día el padre las acusó de contaminar su mente con historias de brujas, hechiceros y fantasmas, y de convertir al chico en un extraño niño.

Cuando Sandie cumplió siete años —era un niño flaco y excesivamente alto, sin las dos paletas, y cualquier atractivo que pudiera poseer solo existía a los ojos de su madre—, ocurrió una extraña circunstancia que dejó perplejos y angustiados a sus padres. Una fría tarde de finales de octubre, la señora Galbraith le dijo a Effie que le llevara un pudin y una lata de caldo a una anciana muy pobre, llamada Elspeth McFie, que vivía en una cabaña solitaria a menos de dos kilómetros de la granja, y Sandie debía acompañarla por el bien que le hacía pasear. Los árboles estaban ya deshojados por los fuertes vientos del otoño, a los que sucedió una calma sepulcral, y una niebla fría que se deslizaba desde el mar y se cernía sobre los campos desnudos, y posaba sobre las ramas desnudas formando frías gotas de humedad. La madre protectora envolvió al niño con una manta escocesa y le ordenó que corriera para mantenerse caliente. Sandie se alejó a toda velocidad por la carretera, lanzando una pelota delante de él, corriendo tras ella para hacerla volar de nuevo con un hábil golpe de su palo, hasta que las pálidas mejillas le brillaron por el ejercicio, y se pasó de su objetivo; había pasado corriendo por delante de la cabaña de la vieja Elspeth y tuvo que regresar al ser avisado por Effie.

—Debes ponerle el cesto en la mano —le indicó, mientras conducía al niño reacio hacia la oscura y estrecha habitación donde estaba la anciana sentada temblando junto al fuego, con las flacas manos extendidas sobre las brasas apagándose. Pero Sandie se contuvo, y ni la amenaza ni la persuasión lograron inducirlo a acercarse un paso más a Elspeth, de modo que, tachándolo de «hueso duro de roer», Effie se vio obligada a poner ella misma la cesta sobre la mesa.

—Ya ves, un pudin y un poco de caldo lo que la señora Galbraith te envía, pues está preocupada —dijo, mientras le tendía a la anciana la lata y el cuenco. Con una sonrisa amarga Elspeth miró las cosas buenas que se extendían ante ella.

—No está mal, pero si yo hubiera sido la rica señora Galbraith, a esta pobre mujer le habría enviado medio litro de algo más fuerte que caldo de cordero. ¿No calienta el gaznate la señora con una gota de whisky?

—¡Qué vergüenza, Elspeth! Deberías simplemente recibir aquello que te envíen y estar agradecida —dijo Effie bruscamente. Y volviéndose hacia Sandie, que estaba de pie mirando fijamente a la anciana dijo—: ¿Qué le pasa al chico que no puede quitarte los ojos de la cara? ¡Y me da a mí que no es tu belleza, Elspeth, lo que le atrae de esa forma!

La espantosa anciana soltó una carcajada, mostrando unos colmillos amarillos, los últimos supervivientes de una dentadura que antaño había sido tan blanca y fuerte como la de Effie.

—Hacía mucho tiempo que el señorito no miraba así a la vieja Elspeth. ¿Qué ve el chico en el rostro de una mujer enferma?

Debes mirar a las muchachas, Sandie, muchacho. —Y Elspeth extendió su brazo flaco, agarró al niño por la muñeca y lo atrajo hacia ella. Era una anciana horripilante, y en el crepúsculo, cuando el rojo resplandor de las brasas iluminaba sus duros rasgos, parecía una bruja. Sandie se dejó acercar a ella como quien camina dormido, con los ojos muy abiertos y vacíos de expresión, y luego permaneció frente a ella un momento, pálido y silencioso. Antes de que cualquiera de las mujeres pudiera hablar, se escuchó la voz del niño.

—¿Por qué tienes monedas sobre los ojos, Elspeth McFie, y un pañuelo blanco envuelto bajo la barbilla?

La vieja Elspeth soltó la mano de Sandie y se echó hacia atrás con un gemido.

—¡Effie, Effie, escúchalo! El chico posee el don de la clarividencia; lista para enterrar, ¡sí, y todos lo veréis pronto! ¡Ya siento la tierra sobre mí! Llévatelo, llévatelo, ¡es un niño increíble! —Y Sandie se puso la gorra en silencio y salió a la fría niebla. Effie lo siguió y alivió su susto y la agitación hablándole bruscamente al niño.

—Qué vergüenza, Sandie, asustar a una anciana con palabras espantosas que nunca oíste de tu madre ni de mí.

—Pero, ¿por qué se asusta Elspeth? Tenía monedas en los ojos y una tela blanca envolviéndole la cabeza, y se lo dije; y si te viera así, Effie, ¡te lo diría!

—¡Claro que sí!, pero te quemarán por brujo si lees la muerte de la gente en su cara, ¡y más vale que te guardes de ello! —Y Effie no dijo más, pero pensó mucho en el camino de regreso a la granja. Estaba segura de que Sandie no conocía el significado de sus propias palabras. Nunca había visto un muerto, y no sabía cómo se prepara al muerto para la tumba, y ciertamente no tenía información sobre el tema en los libros, porque no sabía leer. Y el aspecto que describía del rostro de la vieja Elspeth no parecía asustarlo. La había mirado fijamente desde el momento en que entraron en la choza hasta que la abandonaron, pero con asombro e interés en lugar de miedo. El susto fue para Elspeth McFie y para ella misma, y mientras observaba al niño, inconsciente de la herida de muerte que le había infligido, brincando por el camino todavía jugando con su pelota y su palo, a Effie la estremecieron temores confusos e indescriptibles.

Aquella noche, durante la cena, Effie contó a sus compañeras de servicio las extrañas palabras de Sandie, y todas se pusieron a deliberar sobre si debía contárselo a su madre o no, y decidieron que solo hablarían con ella si le ocurría algo malo a la vieja Elspeth. Era jueves cuando enviaron a Effie a la cabaña de Elspeth McFie, y Effie resolvió ir allí de nuevo por su propia cuenta al domingo siguiente por la tarde. Las supersticiones lugareñas estaban muy arraigadas en ella, aunque nunca se las había transmitido a su joven pupilo, y se acercó a la cabaña de Elspeth con el corazón lleno de presagios. Apenas se sorprendió cuando entró y encontró a la vieja Elspeth muerta en la cama, con monedas en los ojos y un paño blanco atado a la cabeza, precisamente como la había visto Sandy el jueves.

Dos mujeres estaban en la habitación con la muerta, ansiosas por contar cómo Elspeth se había acostado el jueves por la noche, se había negado a probar bocado o a cenar, y había muerto temprano esa misma mañana. Effie temblaba, pero se limitó a preguntar de qué había muerto la anciana Elspeth, pues tres días antes no parecía estar en peligro de muerte. Pero el único relato que las mujeres pudieron dar de su repentina muerte fue que parecía no haber tenido ninguna enfermedad y que había dicho: «¡No soy una enferma, sino una moribunda, y debo irme!».

Effie se apresuró a llegar a casa para contárselo todo a su ama, repitiendo fielmente cada palabra que la vieja Elspeth y Sandie habían dicho el jueves anterior. Y la señora Galbraith escuchaba con el rostro pálido y atónita.

—No digas nada al respecto, Effie; sería un doloroso prejuicio contra el pobre muchacho, y se interpondría en su camino, si la gente piensa que Sandie es clarividente. —Y Effie no creyó necesario mencionar que todos los criados de la casa conocían el resultado de su visita a la cabaña de la vieja Elspeth. Pero le insinuó que si seguía al cuidado de tan extraña criatura, que cualquier día podría ver las señales de la muerte en su rostro, y asustarla hasta una muerte prematura, su salario debería aumentar en proporción al peligro de su servicio.

Cuando la señora Galbraith le contó a su marido el terrible comentario de Sandie, su trágico resultado y cómo él niño no era consciente en absoluto, él disimuló los temores que le poseían bajo un impostado genio, y las juzgó a ella y a Effie con dureza.

—Parece lógico que el niño no pueda hablar de lo que no sabe, y tú y Effie, pero es más probable Effie que tú, pues pensaba que eras una mujer sensata, le habéis estado contando a Sandie cuentos de viejas sobre la clarividencia, hasta hacerle creer que está bien practicar lo que le habéis enseñado, y la vieja tonta de Elspeth se muere de puro miedo en consecuencia, ¡y tendréis que ver vosotras mismas lo que vuestra propia locura ha provocado!

Pero la señora Galbraith protestó que ni ella ni Effie habían pronunciado una palabra sobre clarividencia a los oídos del niño. Y David, que en el fondo creía a su esposa, aunque no consideraba digno admitirlo, puso fin bruscamente al desagradable asunto concluyendo apremiante:

—No permitiré que se le cuenten al niño más supersticiones impías y cuentos de viejas. Effie puede irse al diablo, y yo acompañaré a Sandie en sus caminatas y paseos a caballo, y te aseguro que no oirás de él más que lo que aprenda de mí, ¡sentido común y sana doctrina!

Y Effie fue despedida, para su gran alivio, y desde ese día Sandie se convirtió en el compañero de su padre al aire libre, en visible beneficio de su salud y su ánimo.

Aunque nadie estaba tan alarmado por el extraño comentario de Sandie y sus consecuencias como el propio David Galbraith. Su abuela, una mujer de las Tierras Altas, poseía la cualidad de la clarividencia, y su padre le había contado cómo vivió hasta convertirse en el terror de su familia. Sus premoniciones de muertes y calamidades resultaban infaliblemente ciertas, aunque el espíritu que habitaba en su interior nunca le aclaraba cómo podía evitarse el mal inminente. Ella era simplemente el medio para anunciar la proximidad de la fatalidad. ¡Y si su nieto hubiera heredado el don sobrenatural, una herencia estéril, que le haría ser rechazado por los suyos!

La pobre Alison Galbraith, al ver que su marido se mostraba irritable y poco razonable con el tema de las extrañas palabras de Sandie, buscó consuelo desahogando sus temores ante su pastor, el reverendo Ewan Macfarlane, que la escuchó con toda la paciencia que cabía esperar de un hombre cuya principal ocupación en la vida era hablar y no escuchar.

Sacó la peor conclusión de lo que escuchó:

—Es un caso claro de clarividencia, y no puedo sino temer que pueda haber algo peor por venir. Cuando el extraño espíritu se enciende en un cuerpo, no se puede predecir cuáles pueden ser sus manifestaciones, y por lo que sabemos puedes ser tú o yo el próximo en quien Sandie vea las señales de la muerte. Y si seguís trayéndole a la iglesia, os ruego que no le dejéis sentarse fulminándome con la mirada, porque aunque la muerte súbita sería sin duda una gloria repentina para mí, sería inoportuno para la dignidad de un ministro de la Iglesia Libre que fuera hostigado hasta la tumba por un extraño muchacho que hubiera sido quemado por brujo en tiempos pasados. Y si me librara de tan amarga aparición, aún podría el muchacho crearme cierta turbación del espíritu, que me haría restringir la palabra de Dios y llevar mi discurso a un final prematuro, para grave pérdida de los que escuchan. Y, señora Galbraith, déjeme decirle, usted caerá en descrédito entre los vecinos si Sandie ve monedas en los honorables ojos de su ministro, lo que resultaría en su perjuicio.

En la primavera siguiente, el hermano menor de David Galbraith, Colin, regresó después de una ausencia de diez años para pasar unos meses con sus parientes en Escocia. Su industria había prosperado en Australia y se encontraba en una posición mejor que la que hubiera podido alcanzar con sus propios esfuerzos en el viejo continente. Él y su sobrino entablaron una cálida amistad juntos, y fue un bonito espectáculo verlos jugar al golf en los campos de North Berwick, el hombre fuerte acomodando su juego al del niño enclenque a su lado, y restringiendo su discurso para que no saliera palabra de sus labios que no fuera apta para que un niño escuchara.

Un día, cuando habían jugado hasta que Sandie se cansó, bajaron a la playa, el tío Colin se sentó en las rocas a fumar su pipa matutina, su sobrino se sentó a su lado y se entretuvo con las conchas y las algas que abundan allí. Pronto se cansó Sandie de estar quieto sentado, tiró el puñado de conchas que había recogido y propuso que fueran más lejos por la arena hasta donde se bañaban los niños.

—Deme la mano, tío Colin, y le contaré algo mientras caminamos que yo no entiendo. He visto una cosa increíblemente extraña; ¡he visto su casa en Australia!

—¿Qué me estás contando? ¿De qué bobadas me estás hablando? ¡Has estado soñando! —dijo alegremente el tío Colin.

—No, lo vi. No era un sueño; entiendo muy bien la diferencia entre soñar y ver. Su casa tiene el tejado de pizarra, como la nuestra; era de teja, como un almiar, y tenía alrededor un amplio espacio cubierto con otro tejadillo de teja, y en él se abrían ventanas como grandes puertas de cristal. Y había fuego por todas partes, y hierba alta en llamas, y ovejas corriendo de aquí para allá asustadas, y un hombre con una barba negra y una pistola en la mano salía corriendo de la casa y gritaba: «¡O'Grady, salva a la yegua y al potro! ¡Si se pierden, el patrón nunca os perdonará!». ¿Qué le pasa, tío Colin, que se ha quedado tan callado? —Y el niño miró a la cara de su tío con asombro.

—¡Es extraño tener tales visiones, Sandie! ¿Qué sabes de incendios forestales? Y nunca has visto fotografías de mi casa; ¿y quién te ha dicho que mi mozo de cuadra es un irlandés llamado O'Grady? porque no se lo he contado a nadie aquí, y el hombre de la barba negra es mi pastor escocés.

—No había necesidad de que me dijera nada, tío Colin, porque lo vi; pero si el hombre de la puerta no hubiera gritado O'Grady, entonces no habría sabido su nombre.

Colin hizo un pobre intento de reír, para poder ocultar al niño lo sorprendido y sobresaltado que estaba. Pero tan pronto como llegaron a casa, le contó a su hermano lo de la visión de su hijo y escuchó de él la historia de Sandie y la vieja Elspeth. Unos días más tarde, Colin Galbraith recibió un telegrama del mayoral informándole de la gran pérdida que acababa de sufrir por un incendio forestal muy grave, y tanto él como David se convencieron de que Sandie no era un niño normal.

Colin regresó a Australia inmediatamente después, y al despedirse de su hermano y su cuñada dijo con una sonrisa melancólica:

—Si me ocurre alguna desgracia, lo sabréis tan bien como yo mismo. Vuestro asombroso niño lo verá, y podréis tomar al pie de la letra cualquier cosa que os cuente alguien que tiene el don de la clarividencia.

Una buena tarde, unas tres semanas después de que Colin zarpara, David, que no tenía ningún trabajo que le retuviera en la granja todo el día, propuso como algo especial a Sandie remar hasta la Roca Bass. En breve comenzaría el corte de la avena, y entonces no tendría una hora libre desde la mañana hasta la noche. Pero hoy él y su hijo disfrutarían del día de descanso juntos, y Sandie llevaría la pequeña escopeta que su padre le regaló en su último cumpleaños, pues ya tenía nueve años y era hora de que aprendiera a matar algo. Y el joven latente en el delicado niño pareció haberse desarrollado por completo, ávido por tener en mano la pequeña pieza de caza, y se encendió contra las ratas bajo los almiares y los gorriones en el tejado, poniendo en peligro tanto a las aves de corral como a las ventanas del dormitorio.

—¡Madre, madre, dispararé a un alcatraz para ti y te haré un cojín de plumón! —gritó con salvaje excitación mientras emprendía la expedición.

La señora Galbraith se quedó de pie en el umbral de la puerta viendo a su esposo e hijo salir juntos de la casa, a David, un hombre corpulento y alto en la flor de la madurez, de cara roja y cabello gris, y a Sandie, un muchacho larguirucho con cara pecosa pálida, pero con más vigor en su paso de lo que la cariñosa madre jamás habría esperado ver. Llevaba el arma sobre el hombro y caminaba al lado de su padre, mirándolo con frecuencia para tratar de imitar cada una de sus miradas y gestos. A David Galbraith le gustaba remar y, como era un día muy tranquilo, despidió al hombre a cargo del bote, y tomando los remos él mismo dijo que le haría bien remar hasta la Roca Bass y regresar.

El mar estaba como el estanque de un molino, una extensión de agua cristalina con una falla provocada por el viento arrugando aquí y allá su lisa superficie. No había ni una ola que pudiera desplazar un solo guijarro en la playa, y masas de algas verde oliva flotaban inmóviles en el fondo cristalino. A la izquierda, muy por encima de ellos, se alzaban las ruinas del castillo de Tantallon, bañado por el sol de agosto, cuyas paredes grises absorbían el calor y el color del resplandor de la luz que suavizaba y embellecía su escarpado contorno. Ante ellos, la tétrica masa de la Roca Bass se elevaba sobre el agua azul, rodeada por innumerables, miles de aves marinas, cuyos brillos de alas blancas parecían destellos plateados de luz, desde la distancia que era demasiado grande como para distinguir a las propias aves.

Estaban lo bastante cerca de la orilla para oír voces y risas que llegaban por encima del agua desde el césped circundante que precede al castillo de Tantallon, y el mugido de las vacas en los pastos, y a medida que se acercaban a la Roca Bass estos sonidos se cambiaban por el chillido de las aves salvajes y el sonido metálico de sus alas.

Para deleite de Sandie, se le permitió disparar desde el bote, lo que hizo con tan poco peligro para las aves como para los peces, y la única condición que impuso su padre fue que disparara de espaldas a él, «hasta que tu puntería sea más precisa, joven». Y a pesar de que pronto resultó evidente, incluso para el optimista Sandie, que no traería a casa ni alcatraces ni gaviotas tridáctilas, resultaba una delicia que su padre lo llevara remando por la isla, y fuera diciéndole el nombre de cada ave que veía y le señalara sus nidos en la escarpada cara de la roca. Luego David descansó sobre los remos, y la barca apenas se movió sobre las aguas tranquilas mientras Sandie comía la torta de avena y bebía la leche que le había proporcionado su madre, y su padre le daba un buen trago a su petaca hasta que se le puso la cara colorada.

—Padre, deme un trago a mí también —dijo Sandie, extendiendo la mano.

—No, no; seguirás bebiendo leche hasta que tengas un cuerpo fuerte, y entonces podrás tomar todo el whisky que quieras para mantenerlo a tono.

Y entonces se viró el bote hacia tierra una vez más, y pronto perdieron el sonido del repiqueteo de las alas de las aves marinas, y se oyó de nuevo el mugido de las vacas, y David remó lentamente por delante de la roca de Tantallon. Sandie se había quedado en silencio, y estaba sentado apoyando el brazo en la borda del bote, mirando el agua límpida, metía la mano en una suave ola creciente y desde los dedos salpicaba una lluvia de gotas brillantes.

De repente, dejó de jugar y, arrodillado en el fondo del bote, se aferró firmemente a un lado con ambas manos, se inclinó y miró fijamente al agua. Su padre, que siempre estaba alerta en lo que respectaba a su hijo, de inmediato notó el cambio que se había apoderado de él, remó más rápido y dijo alegremente:

—¿Qué estás mirando, joven? ¿Nunca antes habías visto un arenque en el mar?

Sandie no habló ni se movió, y David se consoló pensando que, después de todo, el muchacho no veía nada extraño en el agua; lo que buscaba era cualquier bobada, que era mejor pasar desapercibida. Pero cuando Sandie habló, fue para pronunciar palabras para las que no estaba preparado.

—Padre, veo al tío Colin en el agua con la cara vuelta hacia mí y los ojos abiertos, pero no puede ver con ellos. —Y el niño no levantó la cabeza, sino que siguió mirando al agua. Gotas de sudor brotaron de la frente de Galbraith, que levantó los remos goteantes en lo alto de las remeras y se inclinó hacia Sandie, su cara roja ahora tan blanca como la del muchacho.

—¡Si es Dios o el diablo quien habla en ti, no lo sé, pero me volverás loco con tu horrible lengua! ¡Incorpórate, hombre! Y vuelve al bote, donde no verás nada más que a ti mismo.

Pero Sandie no se movió.

—Es el tío Colin a quien veo flotando en el agua, cubierto de algas, y no está durmiendo, porque tiene los ojos muy abiertos. —Y Galbraith, que por su vida no habría mirado por encima de la borda del bote, con un juramento hundió los remos en el agua y remó con furiosos golpes.

—¡Le has dado con el remo en su blanca cara! —chilló el niño y se echó a llorar en el bote.

Una profunda tristeza se apoderó de los Galbraith, y esta última horrible visión de Sandie se la guardaron estrictamente en secreto. No buscaron el consejo de su ministro ni de nadie. Estaban seguros de que Colin se había ahogado. Era una mera cuestión de tiempo hasta que pudieran escuchar cómo había sucedido, pero escucharlo no había duda que lo harían. Y Sandie también estaba triste y deprimido.

—El chiquillo se ha asustado esta vez, tanto como los otros —dijo su padre—, y poca culpa tiene. ¡Pero prefiero seguirlo al cementerio a que crezca con el don de la clarividencia! Puede haber sido muy bueno para un hombre de las Tierras Altas de hace cien años hambriento y con faldas, pero no tiene sentido para un habitante bien alimentado de las Tierras Bajas en estos días de pantalones y granjas. ¿Cómo va Sandie a cuidar de la tierra y preocuparse por la rotación de cultivos si se vuelve loco con la clarividencia?

La cosecha de avena fue abundante y se recolectó en buen estado, pero ni David ni su esposa tenían el ánimo para disfrutarla. Simplemente vivían día a día esperando las noticias que debían llegar. Tampoco tuvieron que esperar mucho. Un mes después de la visión de Sandie, David leyó en el periódico que el barco de su hermano había llegado sano y salvo a su destino. Informó de un viaje próspero con una sola baja durante su travesía. El vigésimo cuarto día después de zarpar, un pasajero con destino a Sydney se había caído misteriosamente por la borda con la mar en calma, y se había ahogado. El nombre del caballero era el señor Colin Galbraith, y su repentino final había arrojado una sombra sobre la compañía del barco. Hasta ahora, el informe del periódico, por breve que fuera, era todo cuanto David y Alison podían saber sobre el destino de su pobre hermano. Compararon cuidadosamente las fechas y descubrieron que Colin se había ahogado tres días después de que Sandie hubiera visto la visión del cuerpo en el mar.

—No le diré yo al niño que el pobre Colin ha muerto —dijo David con tristeza—. Le dirás tú al niño que está muerto, pero no dirás nada de que se ahogó.

»Puedes hacer lo que creas mejor, pero yo no puedo mencionarle el nombre del pobre Colin. —Y fue a través de su madre que Sandie se enteró de la muerte de su tío Colin. Escuchó con seriedad y consideración las noticias.

—Sí, fue a él a quien vi en el agua. —Y eso fue todo cuanto tenía que decir sobre la muerte de su tío favorito. No hizo ninguna pregunta y no hizo más comentarios.

A partir de ese momento, David Galbraith experimentó un gran cambio. De ser totalmente realista y poco inclinado a creer más de lo que sus sentidos podían atestiguar, pasó a ser crédulo y supersticioso. Temblaba ante los presagios y de día se enervaba en el trabajo si sus sueños nocturnos habían sido adversos. No le gustaba estar afuera en las noches oscuras, y lanzaba miradas incómodas sobre su hombro como si escuchara pasos detrás de él. A veces, cuando montaba, pensaba que escuchaba a alguien seguirle los talones, y galopaba kilómetros hasta llegar a casa, caballo y jinete, ambos sudando de miedo. Y Sandie se preguntaba en silencio por la causa desconocida del malvado cambio en su padre, qué era lo que le había ocurrido. David apenas perdía de vista al muchacho, aunque su compañía era un tormento para él, y siempre se preguntaba cuál sería el siguiente sobresalto que recibiría. Desgraciadamente, trató de calmar sus agitados nervios con la bebida, y el hábito se apoderó rápidamente de él, para gran angustia de su buena esposa. Y los tiempos habían cambiado tanto que Sandie a menudo tenía más miedo de su padre que su padre de él.

La señora Galbraith propuso enviar a Sandie para que se quedara con unos parientes suyos en Linlithgow, pensando que a su marido le vendría bien librarse durante un tiempo de la tensión que suponía la constante compañía del muchacho. Pero él no quiso oír hablar de ello y se limitó a decir:

—El muchacho se quedará en casa. Es mi destino, y debo acatarlo.

Pasaron unos dos años en los que Sandie no tuvo visiones, y creció cada vez más sano y fuerte y más parecido a otros chicos de su edad, de modo que su madre empezó a pensar que aún podrían hacer un hombre de él. Pero aunque su padre notó con orgullo la mejoría física de su hijo, nada pudo persuadirle de que la temida causa había desaparecido. En vano su esposa trató de convencerlo de que no había más motivos de preocupación.

—No te librarás del maldito don tan a la ligera. Es un fuego que arde bajo, pero estallará en llamas a pesar de todo —dijo él, sacudiendo la cabeza.

En el tercer verano después de que Colin Galbraith se perdiera en el mar, en una hermosa tarde de verano, la señora Galbraith estaba sentada junto a la ventana abierta, tejiendo y sonriendo plácidamente, mientras observaba a su hijo trabajando en su pequeña parcela de jardín regando las matas de rosas y pensamientos. Ella puso su trabajo sobre el regazo y sus ojos siguieron cada movimiento suyo con silencioso placer. Sandie sería un buen jardinero. No había una mala hierba ni nada que creciera descontrolado en su parcela, todo estaba limpio y recortado. Y los macizos de flores estaban rodeados de conchas que había recogido en la playa de North Berwick.

Estaba reuniendo un ramillete con cuidado meticuloso, y su madre sabía que era para ella, y pensó para sí misma que si bien no había sido normal en el pasado, era un buen chico, su corazón estaba en el lugar correcto. Pero algo perturbó el trabajo de él. Se levantó del parterre, dejó caer las flores al suelo y Alison pensó que estaba escuchando algún sonido lejano, hasta que un cambio en su rostro le demostró que estaba equivocada. Sandie no estaba escuchando, estaba viendo. Su rostro palideció y sus facciones se contrajeron, sus ojos grises se quedaron fijos mientras el color se desvanecía en ellos hasta dejarlos casi blancos, y se estremeció como si un viento frío soplara sobre él.

La señora Galbraith se levantó en silencio y, convencida por la respiración profunda de su marido, que estaba sentado en un sillón junto a la chimenea, de que dormía, abrió la puerta, salió suavemente de la habitación y se apresuró a salir al jardín. Allí, bajo el sol, rodeado de vistas y aromas veraniegos, se alzaba Sandie, la viva imagen del terror de medianoche. Su madre puso sus grandes y cálidas manos sobre los hombros del muchacho y lo sacudió suavemente.

—¡Sandie, Sandie, si estás teniendo otra visión, por el amor de Dios, no le digas nada a tu padre! No puede soportarlo; me lo dirás a mí —dijo en un susurro atemorizada.

El niño suspiró, se pasó las manos por los ojos y se tambaleó como si estuviera mareado. Alison agarró a su hijo con firmeza por el brazo.

—¡Vamos! Si tu padre se despierta y va a la ventana, nos verá; ¡venga! —Y apremió al muchacho a moverse, bajo el cálido sol del atardecer que de pronto se había vuelto frío y apagado para ella, y lo condujo a un lugar retirado del jardín.

»Y bien, ¿qué fue lo que viste?

Y mirándola con una extraña expresión de miedo y compasión, Sandie dijo:

—Vi a mi padre tendido en el camino al pie de la empinada ladera junto a las puertas de sir Ewen Campbell, y tenía los ojos cerrados, ¡pero por todo lo demás estaba igual que el tío Colin!

Alison Galbraith, una persona calmada, que no perdía nunca el control de sí misma, lanzó un grito ahogado al escuchar a su hijo, y agarrándole del brazo invadida por una pasión aterradora y apretándolo con fuerza, le dijo:

—¡Elspeth McFie tenía razón cuando te llamaba «el tenebroso muchacho»! ¿Por qué Dios, en su ira, me ha dado un hijo así? —Y ella le dio un empujón para alejarlo de sí y lo dejó solo, triste y confundido.

Si David Galbraith no hubiera bebido esa noche, habría visto que algo terrible había ocurrido para agitar a su mujer. Pero cuando se le pasaron los efectos de la borrachera, notó que estaba pálida y parecía enferma.

—Alison, mujer, pasas demasiado tiempo encerrada en casa —dijo—; deberías pasear hasta el mar y respirar más aire fresco, para devolverle el color a tus mejillas.

Al viernes siguiente era el mercado de maíz en Haddington, y David Galbraith, sereno, sagaz y como hombre de negocios que era, se dispuso a asistir, decidido a hacer un buen negocio. Alison se quedó en la puerta mientras él montaba en su caballo para desearle buena suerte y para advertirle como cualquier esposa lo haría sobre la conveniencia de no beber demasiado whisky antes del viaje de regreso, y también:

—No llegues tarde a casa esta noche, ¿eh, Davie?

—No se hace de noche en esta época del año, Alison.

—Y procura volver por el camino llano. Hay una colina escarpada más allá de las puertas de Campbell, y preferiría que la rodearas y vinieras por el camino largo.

—¡No, mujer! ¿Esperas que haga un recorrido casi dos kilómetros más largo solo para evitar una colina que conozco tan bien como el umbral de mi puerta? Kelpie estará sobrio, mansa bestia, si su amo no lo está, y conoce cada pedrusco de la colina. Te acostarás y dejarás la puerta de la casa abierta para mí. —Y David le dio un toque al caballo con el látigo y se alejó trotando.

Alison se quedó de pie hasta que el ruido de los cascos se apagó y volvió a entrar en la casa con el corazón encogido. Sandie regresó de la escuela al mediodía de buen humor y pidió permiso a su madre para llevar a casa a un compañero de escuela para jugar con él por la tarde. Era maravilloso cómo se había recuperado su ánimo desde su visión de unos días antes. Parecía como si su cuerpo se hubiera fortalecido lo suficiente como para librarse por completo de la espantosa influencia. Pero su madre estaba destrozada tanto por el recuerdo como por los temores.

Una espantosa inquietud se apoderó de ella a medida que se acercaba la noche, y cuando los gritos de los niños jugando cesaron y se hizo el silencio en la casa y el jardín, salió discretamente sin ser vista y caminó en el crepúsculo hasta la playa. Era pleno verano, cuando en esas latitudes la puesta de sol se prolonga en el horizonte oeste hasta que por el este irrumpe el vigoroso amanecer apagando la mínima luz de poniente. La luna creciente colgaba baja en el cielo sobre el suave murmullo del mar, que brillaba misteriosamente en el crepúsculo tamizado, y las rocas marrones se alzaban imponentes y oscuras sobre el agua. El momento y el lugar para sugerir sensaciones espeluznantes a los menos impresionables.

Pero toda la mente de Alison estaba tan llena de temores de una fatalidad inminente que la escena no tuvo ningún efecto sobre ella; apenas se dio cuenta de dónde estaba. El miedo que la poseía era un miedo interno, ni sugerido ni aumentado por el aspecto de las cosas cercanas. No se encontró con un alma en su inquieto deambular. Cuando abrió la puerta de la casa a su regreso, el reloj dio las doce. «Ay, ¿cuándo estará David en casa? Rara vez llegaba más tarde de la medianoche». Alison no necesitó luz; subió las escaleras sin hacer ruido, entró en la habitación de Sandie y, apartando la cortina, bajo la solemne luz crepuscular de la noche nórdica vio su rostro dormido, tranquilo y en paz como el de un bebé. ¿Acaso le envidiaba su sueño tranquilo, que hubiera preferido habérselo encontrado despierto y con el corazón encogido de miedo como ella?

Mientras escuchaba el latido de su propio corazón, que sonaba más fuerte que la respiración de su hijo, escuchó el primer sonido distante de los cascos que se acercaban, y a medida que se acercaban deprisa, reconoció los pasos familiares de Kelpie.

—¡Gracias a Dios, está a salvo en casa! —dijo, y para que su esposo no se disgustara al encontrarla esperándolo despierta, se apresuró a ir a su habitación y encendió una vela. El caballo se había detenido frente a la casa, y David tuvo tiempo de desmontar, pero no había abierto la verja. Alguien podría estar reteniéndole allí. Sin embargo, no se oían voces, solo Kelpie golpeando con impaciencia el suelo con una de sus patas delanteras. Alison miró por la ventana, pero no pudo ver nada debido a la altura del muro. Como pasaron varios minutos y su esposo aún no llegaba, y el caballo pataleaba con creciente impaciencia, se deslizó escaleras abajo y cruzó el jardín hasta la verja. El terrible temor que la invadió era tal que cuando abrió la verja y vio a Kelpie allí parado sin jinete en la oscura carretera, no sintió ninguna sorpresa, tan solo la certeza de que la visión de Sandie estaba a punto de hacerse realidad.

—¡Ay, Kelpie, muchacho, no hay que ir muy lejos para buscar a tu amo! —dijo mientras guiaba a la temblorosa y sudorosa bestia hacia el patio del establo. Luego, sin llamar a ninguno de los hombres, tal y como estaba con la cabeza descubierta, Alison Galbraith en el crepúsculo y el silencio de la noche de verano avanzó con prisa.

«¡La empinada ladera junto a las puertas de sir Ewen Campbell!». «¡La empinada ladera junto a las puertas de sir Ewen Campbell!» se dijo a sí misma mientras corría, y cuando los abetos oscuros y el alto muro que delimitaba el parque apareció a la vista, las piernas le flaquearon. Luego llegó a las grandes puertas de hierro entre pilares de granito, y en el crepúsculo divisó a través de sus barrotes la negra avenida del interior, y oyó el susurro del viento entre las ramas. Alison se apretó las manos contra el corazón y siguió adelante. De pronto un murciélago corta su vuelo en zigzag por el aire y la sobresalta. El pelaje blanco de un conejo asustado brilló en el crepúsculo al cruzarse en su camino en busca de una madriguera amiga, y el eco de sus pasos despertaron a muchos pájaros dormidos y los hizo revolotear de miedo.

El siguiente giro en el camino la llevaría al pie de la ladera, y a algo que no se atrevía a nombrar que sabía que la estaba esperando allí. Cerró los ojos por un instante mientras doblaba la curva de la carretera y apretó las manos. Entonces la quietud del silencio de la noche de verano fue roto por un grito de lamento, y Alison Galbraith cayó sin sentido sobre el cadáver de su marido.

David no montaba ebrio aquella noche, pero mientras avanzaba por la lúgubre y angosta carretera, los viejos miedos se habían apoderado de él. Creyó oír a un jinete que le seguía de cerca, espoleó al animal y bajó al galope por la colina, al pie de la cual Kelpie resbaló con una piedra en el camino, lanzó al jinete al suelo con fuerza y este no volvió a hablar ni a moverse.

Alison Galbraith no sobrevivió mucho tiempo a su marido, y su muerte tuvo lugar sin que Sandie tuviera ningún indicio de su proximidad. Nunca volvió a tener ninguna visión premonitoria tras la muerte de su padre. La extraña causa desapareció junto con su enfermiza infancia, y creció robusto y corpulento, próspero, normal y corriente como sus antepasados. Sandie es incluso mejor agricultor que su padre, y está a punto de resolver el problema de cómo hacer crecer dos espigas de trigo donde antes solo crecía una. Se ha casado con una mujer tan práctica y realista como él, y sus hijos e hijas están libres de visiones como de cualquier otro toque extraño o misterioso. El corpulento agricultor de las Tierras Bajas nunca hablará de clarividencia, ni siquiera a sus amigos más íntimos. En los primeros días de su vida matrimonial, su joven esposa se aventuró a preguntarle sobre las visiones de su infancia, de las que había oído hablar. Pero la silenció con tal severidad que ella no volvió a atreverse a abordar el tema, y nunca sabrá si las historias de la misteriosa infancia de su esposo son leyendas descabelladas o la verdad pura y simple.

LAS AGUAS TORRENCIALES NO PODRÁN APAGAR EL AMOR[3]

Si no supiera que mi viejo amigo John Horton es tan sincero como carente de imaginación, habría creído que fantaseaba o soñaba cuando me contó un suceso que le ocurrió hace unos treinta años. En ese momento él era soltero, vivía en Londres y ejercía como abogado en Bedford Row. No era un hombre fuerte, aunque tampoco perdía los nervios ni se alteraba con facilidad y, como he dicho antes, singularmente poco imaginativo.

Si Horton te relatara un hecho, podrías estar seguro de que había ocurrido exactamente tal y como él lo afirmaba. Si te lo contara cien veces, no cambiaría una pizca cada vez. Este hábito literal y meticuloso, característico en él, hacía que su testimonio tuviera peso, y cuando me relató un episodio que yo no habría creído de cualquier otro hombre, viniendo de mi amigo, no cabía más posibilidad que aceptar que era verdad.

Fue durante el largo periodo festivo en el otoño de 1857 que Horton decidió tomarse unas semanas de vacaciones en el campo. Era un londinense tan acérrimo que no había podido alejarse de la ciudad durante más de unos pocos días seguidos durante muchos años. Pero al final sintió la necesidad de aire tranquilo y puro, solo que no iría muy lejos para buscarlos. Era más fácil entonces que ahora encontrar un alojamiento que cumpliera con sus requisitos, un lugar en el campo pero cerca de la ciudad, y fue cerca de Wandsworth donde Horton encontró lo que buscaba, habitaciones para un solo caballero en una antigua granja. Leyó el anuncio del alojamiento en el periódico durante el almuerzo, y esa misma tarde fue a ver si respondían a la tentadora descripción dada. Tuvo algunas pequeñas dificultades para encontrar la Granja de Maitland. No era fácil orientarse por caminos rurales que a sus ojos de hombre de ciudad le parecían exactamente iguales, y sin nada que le indicara si había girado bien o mal. El ferrocarril pasa ahora chirriante por encima de lo que entonces eran verdes campos, los senderos se han transformado en calles iluminadas con luz de gas, y la Granja de Maitland, la vieja casa de ladrillo rojo que se erguía en medio del alto jardín amurallado, fue derribada hace tiempo. La última vez que Horton fue a ver el antiguo lugar, este había cambiado hasta quedar irreco-

3   Cantar de los Cantares, 8:7.

nocible, y el huerto en el que había recogido peras y manzanas durante su estancia en la granja era ahora el emplazamiento de un bar y una capilla disidente.

Era una calurosa tarde de principios de septiembre cuando Horton abrió las grandes verjas de hierro y subió por el sendero bordeado de dalias y malvarrosas que conducía a la puerta principal, y llamó para que le dejaran entrar en la casa. La campana resonó en un extremo de la casa vacía y se sumió en el silencio, pero nadie acudió a responder a su llamada. Mientras Horton esperaba, aprovechó la oportunidad para examinar a fondo el exterior de la casa. Aunque se llamaba granja, originalmente no se había construido para serlo. Se trataba de una imponente casa de ladrillo de cuatro plantas de la época de la reina Ana, con cinco ventanas altas de guillotina en cada planta y ventanas abuhardilladas en el tejado de tejas. A la puerta principal se accedía por un tramo poco profundo de escalones de piedra, y sobre el montante de abanico se proyectaba un saliente de madera maciza tallada. A ambos lados había ménsulas de hierro forjado que sostenían los apagadores que hace un siglo habían apagado la antorcha de muchos juerguistas que regresaban tarde. Solo las ventanas a derecha e izquierda de la puerta tenían persianas o cortinas, o delataban alguna señal de estar habitadas.

«Esas son las habitaciones que se alquilan, me pregunto cuál es el dormitorio», pensó mi amigo mientras llamaba a la campana por segunda vez. En seguida oyó dentro el ruido de pasos que se acercaban, hubo un gran tirón de cerrojos y, tras un último forcejeo con la oxidada cerradura, abrió la puerta una anciana de aspecto severo y sombrío. Horton fue el primero en hablar.

—He llamado para ver las habitaciones que se anuncian para alquilar en esta casa.

La anciana lo miró de la cabeza a los pies sin dar ninguna respuesta, luego abrió más la puerta, le hizo un gesto con la cabeza para que entrara. Así lo hizo, y se encontró en un gran vestíbulo enlosado, iluminado por la luz del montante de abanico que había sobre la puerta y por una ventana alta y estrecha frente a él que había al final de un corto tramo de escaleras de roble. El aire olía a moho y humedad como el de una antigua iglesia.

—Una sala de este tamaño debería tener una chimenea —dijo Horton, echando un vistazo a la rejilla oxidada y vacía.

—Los granjeros y la gente que trabaja al aire libre se calientan sin fuego —dijo la anciana bruscamente.

—Esta casa nunca se construyó para ser una granja, ¿por qué se llama así? —preguntó Horton a su taciturna guía mientras abría la puerta de la sala de estar.

—Porque lo era —fue la respuesta contundente—. Cuando yo era niña era la Casa Solariega, y puede que vuelva a llamarse así por lo que sé, pero hace treinta años, un hombre llamado Maitland la arrendó y cultivó la tierra, y la gente olvidó el antiguo nombre, y la llamaron la Granja de Maitland.

—¿Cuándo se fue Maitland?

—Hace unos dos meses.

—¿Por qué se fue de un lugar tan bonito como este?

—Le gusta hacer preguntas —comentó la anciana secamente—. Se fue por dos buenas razones, su contrato de arrendamiento había terminado y tenía una gran familia. Tenía nueve hijos, desde una niña de veintidós años hasta un pequeño muchacho de cuatro años. Su esposa y él pensaron que era mejor llevarlos a Australia, donde hay espacio para todos. Estaban contentos de irse, todos menos la mayor, Esther, y casi se le rompe el corazón por ello. Pero se explica porque tuvo que dejar a su novio atrás. Es un joven que trabaja en una granja lechera cerca de aquí, y aunque enseguida la seguirá y se casará con ella dentro de doce meses, ella no hizo más que lamentarse, igual que si lo dejara para siempre.

—Sí, claro... —cortó Horton, a quien le costaba entrar en detalles sobre personas que no conocía—. Así que esta es la sala de estar; es grande y espaciosa, y tiene tantos muebles como un hombre necesita para sí mismo. Ahora muéstreme el dormitorio, por favor.

—Sígame arriba, señor. —Y la anciana lo precedió lentamente por la escalera de roble y abrió la puerta de la habitación trasera en el primer piso.

—¿Entonces el dormitorio que se alquila no está sobre el salón?

—No, la habitación de delante es mía, y la de al lado es de mi hijo. Está fuera todo el día trabajando, pero duerme aquí y casi siempre me hace compañía por la noche. Estoy sola aquí todo el día cuidando el lugar, y si alquila las habitaciones, cocinaré para usted y le atenderé yo misma.

A Horton le gustó el aspecto de la habitación. Era grande y espaciosa, con pocos muebles, más allá de una cama y una cómoda. Pero estaba agradablemente limpia, y era silenciosa como una tumba. ¡Cómo iba a dormir aquí un hombre cansado! Las paredes estaban decoradas con viejas estampas en marcos negros de «El progreso del libertino» y «Casamiento a la moda»[4], y sobre la alta repisa de la chimenea tallada colgaba un grabado del famoso retrato de Carlos I, sobre un caballo marrón rampante.

—Esas cosas estaban en las paredes cuando se instalaron los Maitland, y tuvieron que dejarlas donde las encontraron —dijo la anciana —. Y también encontraron esa espada —añadió, señalando un alfanje oxidado que colgaba de un clavo junto a la cabecera de la cama—, pero creo que no habrían hecho ningún daño si la hubieran vendido como hierro viejo.

Horton bajó el arma y la examinó. Era un alfanje ordinario, como el que usaban los infantes de marina en el reinado de Jorge III, no lo bastante antiguo como para ser de interés anticuario, ni la factura poseía suficiente belleza para que tuviera valor artístico. Lo volvió a colocar en su lugar, se acercó a la ventana y miró hacia el jardín debajo. Estaba delimitado por un alto muro que encerraba una hilera de álamos, y más allá se extendía el campo libre, visible a kilómetros de distancia en el aire puro, un panorama para descansar y fascinar la vista de un londinense.

Horton hizo su trato con la anciana, a la que el propietario había puesto en la casa como cuidadora, a la espera de su decisión sobre la disposición de la propiedad. Se le permitió tomar un inquilino para su propio beneficio, y en cuanto la señora Belt comprobó que el forastero estaba de acuerdo con sus condiciones, le aseguró que todo estaría cómodamente dispuesto para su recepción el miércoles siguiente.

Horton llegó a la Granja de Maitland la noche del día señalado. Una tormentosa puesta de sol otoñal arrojaba un furioso resplandor sobre las ventanas de la casa, el viento creciente llenaba el aire de sonidos lastimeros y los álamos se balanceaban contra un fondo de cielo refulgente.

La señora Belt esperaba a su inquilino, y rápidamente abrió la puerta, vela en mano, cuando oyó que las ruedas se detenían en la entrada. El conductor del carruaje llevó la maleta de Horton al vestíbulo, recibió el pago de su pasaje y se alejó pensando que

---

4   Pinturas y grabados de William Hogarth. *N. de la T.*

las oscuras callejuelas eran más alegres que la visión que había tenido del interior de la Granja de Maitland.

Horton estaba completamente satisfecho con sus aposentos rurales. La intensa calma de la casa casi vacía, que podría haber hecho que otro hombre se sintiera melancólico, lo calmaba y le proporcionaba descanso. Durante el día vagaba por el campo, o se divertía en el jardín y el huerto, y pasaba las largas noches solo, leyendo y fumando en su sala de estar. La señora Belt traía la cena a las nueve en punto, y generalmente se quedaba a conversar con su inquilino, y contaba muchas historias de sus vecinos y de la familia Maitland, mientras lo atendía durante la cena.

En varias ocasiones le contó que el novio de Esther Maitland, Michael Winn, había venido a hablarle de los Maitland o a traerle un periódico con noticias de que su barco había llegado sano y salvo a algún punto de su largo viaje.

—El Petrel es un barco de vela, señor, y no se sabe cuánto tiempo tardará en llegar a Australia. Según las últimas noticias que Michael tuvo, ella había llegado hasta unas islas con un nombre raro, y recibía una carta de Esther enviada desde un lugar llamado Madeira. Y ahora no se quedará tranquilo hasta que sepa que el barco está a salvo en algún lugar, creo que dijo, de África.

—Será el Cabo, señora Belt.

—Ese es el nombre, señor, el Cabo, y él se preocupa todo el tiempo por miedo a las tormentas y los naufragios. Pero yo le digo que el mundo es un lugar muy ancho, y el mar más ancho que todo, y que es muy probable que mientras los sombreretes de las chimeneas vuelan sobre nuestras cabezas en medio de un vendaval, el Petrel flota sobre una mar en calma en algún lugar. Y entonces retoma mi pensamiento y lo vuelve en mi contra. «Sí», dice, «y cuando aquí en la orilla reina una calma chicha, el barco puede estar hundiéndose en una tormenta, y mi Esther ahogándose».

—Michael Winn, ese joven debe sufrir de los nervios.

—Eso es, señor, y le digo que cuando siga su camino tras los Maitland, estará bien que no deje a nadie detrás pendiente de él, como queda él pendiente de Esther.

Era mediados de octubre y Horton llevaba un mes en la granja. El clima ahora era frío y húmedo, y comenzó a pensar que era hora de regresar a su acogedora casa de Londres, ya que la lluvia de otoño hacía que todo en la Granja de Maitland estuviera húmedo y con moho. Había soplado casi un vendaval durante todo el día, y la lluvia había caído a cántaros, manteniéndole prisionero bajo techo. Pero se mantuvo ocupado escribiendo cartas y leyendo algunos documentos legales que su secretario le había traído, y el tiempo pasó rápidamente. De hecho, la tarde pasó volando de tal manera que no tenía ni idea de que eran las nueve en punto cuando la señora Belt entró en la habitación para poner el mantel para la cena.

—Ya ha dejado de llover, señor —dijo mientras avivaba el fuego—, y menos mal, porque Michael Winn me ha traído noticias de que el Wandle ha crecido mucho desde esta mañana, y está más crecido de lo que ha estado en años. Pero esta noche hay luna llena, así que nadie tiene que meterse en el agua si no quiere.

La cabeza de Horton estaba demasiado ocupada con un asunto jurídico espinoso como para prestar mucha atención a la señora Belt, y la anciana, al ver que no estaba de humor para conversar, no dijo nada más. A las diez y media le trajo a su inquilino un poco de alcohol y agua caliente, y la vela de su dormitorio, y le deseó buenas noches. Horton se sentó a leer durante algún tiempo, y luego escribió una entrada en su diario sobre un día del que no había absolutamente nada que registrar, encendió la vela y subió las escaleras. Conozco de cerca los detalles, el orden preciso de cada hecho insignificante. Mi amigo me ha contado tantas veces los sucesos de aquella noche, y nunca con el menor añadido u omisión en el relato. Era su costumbre, a última hora de la noche, levantar las persianas. Miró por la ventana, y aunque la luna estaba llena, las nubes aún no se habían dispersado, y su luz era irregular y oscura. Faltaban veinte minutos para las doce cuando apagó la vela junto a su cama. Todo era propicio para el descanso. Estaba cansado, y la casa profundamente silenciosa. La lluvia había cesado, el viento se había reducido a un suspiro, y le parecía que en cuanto su cabeza se hundiera en la almohada se quedaría profundamente dormido.

Poco después de las dos, Horton se despertó súbitamente, pasando instantáneamente del sueño profundo a la posesión de todas sus facultades en grado extremo, y con una insoportable sensación de miedo que pesaba sobre él como mil pesadillas. Se puso en marcha y miró a su alrededor. Le chorreaba la frente de sudor y su corazón latía tan rápido que creyó que se asfixiaba.

Estaba convencido de que lo había despertado un ruido extraño y terrible, que lo había estremecido a través de las profundidades del sueño, y temía indeciblemente que se repitiera. La habitación estaba inundada por la luz de la luna que se colaba por las estrechas ventanas, cual láminas de plata fundida en el suelo, y los álamos del jardín proyectaban sombras trémulas en el techo.

Entonces Horton oyó a través del silencio de la casa un sonido que no era el gemido del viento, ni el susurro de los árboles, ni ningún otro sonido que hubiera oído antes. Clara y nítidamente, como si estuviera en la habitación con él, oyó el llanto y el lamento de una voz, su llanto mostraba una pena que no parecía de este mundo, de modo que le pareció como si escuchara el lamento de un alma perdida. Se levantó de un salto, prendió una cerilla, encendió la vela y cogió el alfanje que colgaba junto a la cama, descorrió el cerrojo de la puerta y la abrió para escuchar.

En cuanto a los sonidos habituales, reinaba en la casa un silencio sepulcral, y la luz de la luna, un torrente de luz pálida, se colaba por la ventana de la escalera. Pero el sonido sobrenatural del llanto, que estremecía el corazón y el alma, procedía del vestíbulo y Horton bajó las escaleras hasta el rellano del primer piso. Allí, en el escalón más bajo, una mujer estaba sentada con la cabeza inclinada, el rostro oculto entre las manos, meciéndose de un lado a otro presa de un dolor extremo. La luz de la luna la iluminaba por completo, y vio que solo estaba parcialmente vestida y su cabello oscuro era una maraña de pelo sobre los hombros desnudos.

—¿Quién eres?, ¿qué te ocurre? —dijo Horton, y su voz temblorosa resonó en la casa silenciosa.

Pero ella ni se inmutó, ni habló, ni disminuyó su llanto.

Lentamente, él descendió la escalera iluminada por la luna hasta que solo hubo cuatro escalones entre él y la mujer. Un miedo mortal iba invadiéndole.

—¡Habla, si eres un ser de este mundo! —gritó.

La figura se alzó en toda su estatura, se giró y lo miró de frente durante un instante que pareció una eternidad, luego se abalanzó de lleno sobre la punta del alfanje que Horton empuñaba involuntariamente. Cuando la forma incorpórea se deslizó por la hoja del arma, una ola de frío pareció abatirse sobre él y cayó desmayado en las escaleras.

No supo decir cuánto tiempo permaneció inconsciente. Cuando volvió en sí y abrió los ojos, la luna se había puesto, y se dirigió a tientas en la oscuridad a su habitación, donde la vela se había apagado.

Cuando Horton bajó a desayunar, parecía que había estado enfermo un mes entero, y sus manos temblaban como las de un borracho. En cualquier otro momento, a la señora Belt le habría llamado la atención su aspecto, pero aquella mañana estaba demasiado excitada por unas malas noticias que había escuchado, como para fijarse en si su inquilino tenía buen o mal aspecto. Horton le preguntó cómo había dormido, pues si no había oído los terribles ruidos que lo despertaron, sería más imposible aún que no hubiera oído su pesada caída en la escalera. La señora Belt respondió, con cierto asombro ante la preocupación de su inquilino por su bienestar, que nunca había pasado una noche mejor, que había sido tan tranquila después de que el viento amainara.

—¿Y su hijo también creyó que la casa estuvo tranquila? ¿También pasó una buena noche? —preguntó Horton con afán febril.

La señora Belt ansiaba comunicar las malas noticias a su inquilino, y señalando que tenía algo más que hacer que ir preguntando a la gente cómo dormían por las noches, le informó que un vecino acababa de contarle que Michael Winn se había caído al Wandle durante la noche —nadie sabía cómo— y se había ahogado, y que en aquel momento estaban llevando el cuerpo a casa.

—Qué golpe tan terrible para su novia —dijo Horton, muy conmocionado.

—¡Ay! Menuda noticia para darle cuando ella espera ver al pobre Michael pronto.

—Señora Belt, ¿tiene algún retrato de Esther Maitland que pueda mostrarme? He oído el nombre de la chica tan a menudo que tengo curiosidad por saber cómo es.

Y la anciana se retiró a buscar entre sus tesoros una pequeña fotografía sobre cristal, que Esther le había regalado antes de marcharse. Enseguida regresó la señora Belt, sacándole brillo a la placa de cristal con su delantal.

—No es más que un asunto de pobres, señor, está tomada en una caravana ordinaria, sin embargo, es como la chica, es muy parecida.

Se trataba de una obra pésima, un trabajo de poco valor y temprano en la fotografía; Horton se levantó de la mesa con la fotografía en la mano para examinarla junto a la ventana. Y allí, rodeado por el fino marco de latón, reconoció el rostro entre todos los rostros que le había dejado sin sentido, el rostro que contempló en la visión de la noche anterior. Reprimió un gemido y se apartó de la ventana con la cara tan blanca que, al devolver la fotografía a la señora Belt, esta le dijo:

—No se encuentra usted bien esta mañana, señor.

—No, me siento muy mal. Debo volver a la ciudad hoy para estar cerca de mi médico. No voy a despreocuparme de usted a pesar de mi repentina marcha, pero si voy a estar enfermo, mejor en mi propia casa. —Horton no podría haberse quedado otra noche más en la Granja de Maitland por nada en el mundo.

A mediodía ya estaba en su despacho de Bedford Row, y sus empleados pensaron que parecía diez años más viejo por su visita al campo.

Poco más de tres semanas después de que Horton regresara a la ciudad, cuando sus nervios empezaban a recuperar su acostumbrada templanza, su atención volvió inesperadamente al aborrecible tema del espectro que había visto. Leyó en su periódico que el correo del Cabo había traído noticias del naufragio del velero Petrel con destino a Australia, con pérdida de todos los ocupantes, en una violenta tormenta frente a la costa, poco antes de que el vapor del Cabo partiera hacia Inglaterra.

Mediante una cuidadosa comparación de fechas, teniendo en cuenta la diferencia horaria, John Horton llegó a la convicción de que el malogrado barco naufragó a la misma hora en que él vio el espectro de Esther Maitland. Ella y su amante, separados por miles de kilómetros, perecieron ahogados al mismo tiempo: Michael Winn en el pequeño río al lado de casa y Esther Maitland en las profundidades de un océano lejano.

EL FANTASMA DE MI AMIGO

Will Musgrave decidió que no pasaría las Navidades solo, pero que tampoco pasaría otras Navidades con sus padres y sus hermanas en el sur de Francia. La familia Musgrave emigraba cada año al sur desde su casa de Northumberland, y como Will seguía los pasos de la familia en cada ocasión, para pasar un mes con ellos en la Riviera Francesa, terminó por apenas recordar ya cómo se celebraba la Navidad en Inglaterra. Se rebelaba ante la idea de tener que marcharse del país en una época en la que, si el invierno era templado, estaría cazando, y si, por el contrario, hacía un invierno gélido, estaría patinando sobre hielo; y no le apremiaba ninguna verdadera necesidad, ni sentía ningún deseo, de hibernar en el sur. Tenía un pecho de hierro y los pulmones de acero. El viento helado que soplaba del este —y que hacía que sus padres se zambulleran dentro de los abrigos de piel más gruesos, y que les dolieran hasta los dientes, y fueran capaces de describir con gran detalle todos y cada uno de aquellos dolores, mediante el cálculo pormenorizado de cada dolencia— no hacía sino resaltar el color de las mejillas y el brillo de los ojos en la fortaleza de la juventud. Decididamente, no iría a Cannes, aunque no merecía la pena enfadar a su padre y a su madre, ni decepcionar a sus hermanas, adelantándoles su decisión.

Will sabía muy bien cómo escribir una carta a su madre en la que su deserción debía aparecer como un hecho ineludible acontecido por causa de fuerza mayor, ante el cual los hijos de Adán deben plegarse. Indudablemente, la perspectiva de pasarse los días cazando o patinando —como señale el destino— influyó en su decisión. Pero también era cierto que hacía tiempo que se había prometido a sí mismo el placer de disfrutar de la compañía de un par de amigos de la universidad, Hugh Armitage y Horace Lawley, y pidió permiso para que pasaran dos semanas en su casa de Stonecroft con él, pues su tutor le había pedido encarecidamente que se tomara un descanso.

—Bendito... —comentó cariñosamente su madre después de leer la carta—. Voy a escribirle a mi querido jovencito y a hacerle saber lo encantada que estoy con su firmeza y determinación.
—Pero el señor Musgrave masculló unos sonidos ininteligibles mientras escuchaba a su esposa, los cuales expresaban más bien incredulidad antes que consentimiento, y cuando habló

solo fue para decir:

—¡La que pueden armar en Stonecroft esos tres jóvenes solos! Nos vamos a encontrar los establos llenos de caballos con las patas rotas cuando volvamos a casa.

Will Musgrave pasó el día de Navidad con los Armitage, en su casa cerca de Ripon. Y, al día siguiente, por la noche, en el baile que ofrecieron los Armitage se divirtió como solo puede hacerlo un hombre muy joven, quien no se ha hartado aún del baile, y al cual nada agrada tanto como pasarse la vida bailando el vals, con los brazos ocupados en rodear la cintura de su bonita compañera de baile.

Al día siguiente, Musgrave y Armitage salieron para Stonecroft. Recogieron a Lawley de camino y llegaron a su destino al atardecer, exultantes y ansiosos. Stonecroft resultó ser el refugio idílico para descansar al final de tan largo viaje, campo a través, y con aquel frío penetrante —cuando azota el viento del este y la nieve se mete por todas partes—. La amplia y acogedora puerta principal daba al vestíbulo panelado en roble, en cuya chimenea ardía un fuego brillante. Estaba iluminado por lámparas que colgaban del techo, las cuales ahuyentaban a las sombras tenebrosas. Nada más entrar en la casa, Musgrave agarró a sus dos amigos, y antes de que tuvieran tiempo de sacudirse la nieve de los abrigos, los besó bajo la rama de muérdago, lo que provocó la risita nerviosa entre los sirvientes que esperaban al fondo de la habitación.

—Cuando no hay más, contigo Tomás —rio y los apartó de él de un empujón—, pues sería una lástima no aprovechar el muérdago. Barker, espero que la cena esté lista, y que se sirva caliente y sea bien abundante, puesto que llevamos todo el camino con el estómago vacío y venimos hambrientos. —Guio entonces a los invitados a sus habitaciones en la planta de arriba.

—¡Qué hermosa galería! —comentó Lawley con entusiasmo, al entrar al largo y ancho pasillo. Tenía muchas puertas y varias ventanas; y con cuadros y trofeos militares que colgaban de las paredes.

—Sí, es lo que le aporta su carácter a Stonecroft —apuntó Musgrave—, va todo a lo largo de la casa, y la recorre desde el lado más moderno hasta la parte trasera, que es muy antigua; se construyó sobre los cimientos de un monasterio cisterciense que, alguna vez, se erigió sobre este mismo punto. La galería es suficientemente ancha como para cruzarla en carruaje, y con un par de caballos. Es el paso principal de la casa. Con mal tiempo, mi madre da su paseo diario dentro de esta galería, como si paseara al aire libre, y lo hace con la capota puesta para hacer más real la ilusión.

Armitage, atraído por los cuadros, los miraba con atención, y en especial el retrato, a tamaño real, de un hombre joven vestido con un traje azul y el pelo empolvado. Estaba sentado bajo un árbol, con un perro de caza a los pies.

—¿Un antepasado tuyo? —preguntó Armitage, señalando el cuadro.

—¡Oh, son todos los antepasados de uno! Y menuda panda más heterogénea que son. Puede que os divierta saber, a ti y a Lawley, de quién heredé esta buena presencia. Ese hermoso joven que, al parecer, ha despertado tu admiración es mi tatarabuelo. Murió a los veintidós años, una edad ridícula para un antepasado. Pero continuemos, Armitage, que ya tendrás tiempo de hacer justicia a todos los cuadros a plena luz del día, y quiero mostraros vuestras habitaciones. Creo que todo se ha dispuesto para que os halléis cómodos. Nuestras habitaciones están cerca. Las habitaciones más agradables de la casa están ubicadas sobre la galería. Y aquí nos hallamos, casi al final de la misma. Vuestras habitaciones están justo enfrente de la mía; y comunicadas entre sí, por si os sintieseis inquietos y solos en medio de la noche, tan lejos de casa, mis queridos niños.

Y Musgrave apremió a sus amigos a que entraran en sus habitaciones, mientras él se apresuraba a la suya, silbando alegremente.

A la mañana siguiente, cuando los amigos se despertaron, estaba todo completamente nevado. Quince centímetros de nieve magnífica, tan seca como la sal, lo cubría todo; el cielo sobre sus cabezas parecía una cubierta de acero, y todas las señales anunciaban otra fuerte nevada.

—Pues vaya —se quejó Lawley, después del desayuno. Se había parado de pie frente a la ventana, con las manos en los bolsillos, y miraba por la ventana—. La nieve nos habrá estropeado la pista de hielo.

—Pero no impedirá que vayamos a cazar patos —replicó Armitage—, y digo yo, Musgrave, que podemos montar un tobogán ahí fuera. Veo ahí una ladera que parece que estuviera hecha a medida para nuestro propósito. Si podemos tirarnos por ese tobogán, ya puede nevar todo el día y toda la noche, por lo que a mí respecta. ¡Seremos los reyes!

—Buena idea, Armitage —celebró Musgrave, saltando de alegría ante la idea.

—Sí, pero hacen falta dos laderas y un poco de valle en el medio para poder deslizarse de verdad —objetó Lawley—, de lo contrario bajarás por la loma como si te deslizaras desde Mount Church a Funchal, y luego te pasaría igual que allí, que tendrías que desandar los pasos con el trineo a cuestas, lo cual disminuye la diversión considerablemente.

—Bien, solo podemos trabajar con el material que tenemos a mano —resolvió Armitage—. Vamos a ver si podemos encontrar un mejor lugar para deslizarnos ladera abajo, y algo que pueda servirnos de trineo para deslizarnos con ello.

—Eso es fácil de encontrar, las cajas de vino vacías son ideales y unos palos gruesos para maniobrar. —Los jóvenes se fueron corriendo al campo en busca del material, seguidos por media docena de perros que ladraban alegres.

—¡Por Júpiter! Si cuaja la nieve, les pondremos unos patines a unas sillas robustas y nos acercaremos hasta la casa de los Harradine, en Garthside, e invitaremos a las chicas a venir en trineo, y empujaremos los trineos —les gritó Musgrave a Lawley y a Armitage, quienes se le habían adelantado en el vano intento por alcanzar al galgo, el cual lideraba la partida.

Tras una larga y minuciosa búsqueda, encontraron el terreno que encajaba con sus propósitos, y les habría divertido a sus compañeros de clase ver con qué afán trabajaron los tres jóvenes, a las órdenes del puro placer. Trabajaron sin parar durante cuatro horas para construir el tobogán. Retiraban la nieve que escarbaban con las palas. Luego nivelaron el terreno con el pico y la pala, para que cuando se esparciera la capa de nieve virgen por encima, su improvisado vehículo pudiera correr cuesta abajo por la pendiente inclinada y de nuevo, con el ímpetu de la fuerza, remontara por encima de otro montículo, hasta detenerse por la inercia en un ventisquero.

—Si al menos pudiéramos terminar esta pequeña obra de ingeniería —dijo Lawley, lanzando una palada de tierra a un lado mientras hablaba—, el tobogán estaría en perfecto estado para mañana.

—Sí, y una vez construido, quedaría para siempre —respondió Armitage, mientras trabajaba con gran alegría, y hundía el pico en la tierra congelada y dura y llena de piedras, y sin perder el equilibrio en la pendiente mientras tanto—. El buen trabajo dura toda la vida. En la posteridad, nos agradecerán el legado de un tobogán tan magnífico.

—La posteridad tal vez, mi querido amigo, pero nuestros progenitores nos lo agradecerían bien poco si, por casualidad, se le ocurriera a mi padre bajar por él —dijo Musgrave.

Cuando terminaron con la tarea, y los trabajadores se convirtieron de nuevo en caballeros, pusieron rumbo a Garthside en medio de la fuerte nevada para ir a visitar a sus vecinos, los Harradine. Se habían ganado el placer del té y de la charla animada; aún les bullía la sangre tras el estimulante trabajo, y se encontraban muy animados. No regresaron a Stonecroft hasta que lograron que las chicas fijaran una hora en la que podrían venir con sus hermanos para ser lanzados cuesta abajo por el tobogán —empíricamente probado—, metidos en cajas de vino que habían acolchado para la ocasión con cojines.

Ya tarde, aquella noche, los jóvenes se sentaron a fumar y charlar en la biblioteca. Habían jugado al billar hasta que se sintieron cansados. Y Lawley había cantado canciones románticas, acompañado por el banjo, hasta que se sintió exhausto; ni qué decir cuánto lo estarían sus oyentes. Armitage se había sentado inclinado hacia atrás, y apoyaba en la silla la cabellera rizada. Expulsaba las caladas del humo del tabaco con delicadeza. Fue el primero en romper el silencio del pequeño grupo.

—Musgrave —dijo de pronto—, una casa vieja no está completa si no está encantada. Deberías tener un fantasma propio en Stonecroft.

Musgrave dejó caer al suelo la novela de tapas amarillas que acababa de coger y todas las miradas se concentraron en él.

—Pero sí que lo tenemos, mi querido amigo, lo que sucede es que no se ha dejado ver desde la época de mi abuelo. Ese es el deseo que llevo anhelando toda mi vida: llegar a conocer al fantasma de la familia.

Armitage rio, por el contrario, Lawley le espetó:

—No dirías eso si creyeras en fantasmas de verdad.

—Creo en ellos con devoción. Pero, como es natural, deseo ver para creer. Ya veo que tú también crees en ellos.

—Ves lo que no existe, y, por lo tanto, reúnes todas las condiciones para ver fantasmas. No, mi opinión es la siguiente —prosiguió Lawley—, ni creo en ellos, ni niego su existencia. Tengo la mente abierta a las diferentes convicciones sobre la materia. Muchas personas de gran juicio creen en ellos, y otros, con la misma capacidad mental, no creen. Simplemente, creo que el caso de los fantasmas está sin resolver. Puede que existan o que no existan, pero que, hasta que su existencia quede plenamente demostrada, rehúso añadir tal incómodo artículo a mi credo, como es el hecho de creer en fantasmas.

Musgrave no respondió, pero Armitage soltó una risa estridente.

—Uno contra dos, sois una abrumadora mayoría —concluyó—. Musgrave confiesa abiertamente que cree en fantasmas, y tú eres neutral, ni crees ni dejas de creer, aunque estás dispuesto a que te convenzan de su existencia. Ahora bien, yo me considero un descreído en lo que a lo sobrenatural respecta, de pies a cabeza. Cuando la gente pierde los nervios, estos les juegan una mala pasada, y seguirán haciéndolo hasta el final de los días. Y si yo tuviera la gran fortuna de ver al fantasma de la familia de Musgrave esta noche, no creería más en ellos de lo que lo hago en este mismo momento. Por cierto, Musgrave, ¿es el fantasma un hombre o una mujer? —preguntó frívolamente.

—No creo que merezca la pena responderte.

—¿No sabíais que un fantasma no es él ni ella? —apuntó Lawley—. Igual que un cadáver, es siempre asexual.

—Una información crucial, teniendo en cuenta que proviene de un hombre que ni cree ni deja de creer en los fantasmas. ¿Cómo se entiende eso, Lawley? —dijo Armitage.

—¿No es posible que un hombre esté bien informado sobre un asunto sin que llegue a tomar posición? Creo que soy el único que posee una mente lógica entre nosotros. Musgrave cree en ellos, aunque nunca ha visto uno. Tú no crees en ellos, y dices que no te convencerías de lo contrario, aunque vieras uno, lo cual no tiene mucha lógica para mí. No es necesario, para mi tranquilidad, poseer una opinión definitiva sobre el asunto. Después de todo, es solo una cuestión de paciencia, porque si los fantasmas existen de verdad, todos nos convertiremos en uno con un poquito de tiempo, y entonces, si no tenemos nada mejor que hacer, y se nos permite gastar tales ridículas bromas, podremos aparecer de nuevo en escena y asustar, de igual modo, tanto a los crédulos como a los incrédulos de cuantos amigos nos sobrevivan.

—Entonces, trataré de adelantarme a ti, Lawley, y me convertiré en fantasma primero. Me veo más asustando a otros que siendo yo el blanco de tales bromas. Pero, Musgrave, haz el favor de hablarme del fantasma de tu familia. Estoy muy interesado en el asunto, y seré respetuoso.

—Bien, lo tengo en cuenta, y no tengo ninguna objeción en contaros lo que conozco al respecto, que, en pocas palabras, se traduce en lo siguiente: Stonecroft, como os comenté, está construido sobre un antiguo monasterio cisterciense, el cual fue destruido en la época de la Reforma. Como ya os comenté, la parte de atrás de la casa se erige sobre los cimientos antiguos de un monasterio, y las paredes son de piedra. Las cuales, en su día, conformaban íntegramente el edificio del monasterio. El fantasma que ha sido visto por los miembros de la familia Musgrave, desde hace tres siglos, es el de un monje cisterciense que va vestido con el hábito blanco de la orden. De quién se trata, o por qué lleva tanto tiempo vagando por la tierra, continúa siendo un misterio para nosotros. El fantasma ha sido visto una o dos veces en cada generación. Pero, como dije, no nos ha visitado desde la época de mi abuelo, por lo que, al igual que un cometa, se prevé que se presente de nuevo ahora.

—Cuánto debes de lamentar que sucediera en una época anterior a la tuya —dijo Armitage.

—Por supuesto que sí, pero aún no he perdido las esperanzas de verlo. Por lo menos, sé dónde buscarlo. Siempre se ha aparecido en la galería, y he dispuesto mi habitación cerca del lugar donde fue visto por última vez, con la esperanza de abrir la puerta una noche de luna llena y, de pronto, encontrármelo allí plantado.

—¿Plantado dónde? —preguntó incrédulo Armitage.

—En la galería, sin lugar a dudas, a medio camino entre vuestras dos puertas y la mía. Ahí es donde mi abuelo lo vio por última vez. Le despertó, en medio de la noche, el ruido de una puerta pesada cerrándose. Corrió a la galería, desde donde provenía el ruido, y de pie, frente a la puerta de la habitación en la que me hospedo, estaba la blanca figura del monje cisterciense. Se quedó mirándolo, y vio cómo se deslizaba a lo largo de la galería y se esfumaba dentro de la pared. El lugar donde desapareció se ubica sobre los cimientos del antiguo monasterio, por lo que es evidente que regresaba a su antigua morada.

—¿Y tu abuelo creyó que había visto un fantasma? —preguntó Armitage con desdén.

—¿Podía negar la evidencia de sus sentidos? Vio tal cosa con la nitidez que nos vemos ahora nosotros, y desapareció por la pared en la forma de un fino vapor.

—Mi querido amigo, ¿no te parece que esa anécdota sería más propia de tu abuela que de tu abuelo? —señaló Armitage. No era su intención mostrarse irreverente, si bien lo había conseguido; el gesto frío, reticente, que revelaba la cara de Musgrave fue suficiente para que se diera cuenta de ello al instante—. Perdóname, pero no me puedo tomar una historia de fantasmas en serio —añadió—, aunque podría concederte que, tal vez, hayan existido hace muchos años en lo que literalmente era la época oscura, cuando las velas de junco y los candelabros parpadeantes y titilantes eran incapaces de mantener las sombras alejadas. Pero en esta parte del siglo XIX, cuando el gas y la luz eléctrica han transformado la noche en el día, hemos destruido las condiciones que eran propicias para fabricar fantasmas —o, más bien, las creencias en su existencia, que viene a ser lo mismo—. La oscuridad siempre ha sido mala compañera para los humanos, les altera los nervios. No puedo explicar la razón, pero es así. Para la época, mi madre era una adelantada en la materia e insistía siempre en que se dejara una luz encendida por la noche en el cuarto de los niños, por lo que de niño, cuando me despertaba de una pesadilla, nunca me asustaba la oscuridad. Y, en consecuencia, me he convertido en un completo escéptico en lo que se refiere a los fantasmas, espectros, espíritus, apariciones, desdoblamientos, y en toda la prole. —Y Armitage miró a su alrededor despacio, complaciente.

—Tal vez, habría sentido lo mismo que tú si no hubiera crecido con el conocimiento de que mi casa estaba encantada —replicó Musgrave. Mostraba un evidente orgullo por su antepasado fantasma—. Tan solo quisiera convenceros de la existencia de lo sobrenatural desde mi propia experiencia. Siempre tengo la sensación de que ahí radica el punto débil de una historia de fantasmas, que nunca se cuenta en primera persona. Resulta que se trata de un amigo, o del amigo de un amigo, quien fue el agraciado, quien, en efecto, vio al fantasma.

Armitage entonces se hizo un juramento: al cabo de una semana, a partir de aquel mismo momento, Musgrave vería al fantasma de la familia con sus propios ojos. Y, en adelante, siempre podrá hablar con el enemigo en la puerta[5]. Su ingeniosa mente urdió varios planes para que se produjera la tan ansiada aparición. Pero hubo de mantener aquellos planes en secreto, dejando que se consumieran por dentro. Lawley sería el último hombre en prestarse a ofrecerle su ayuda y hacer de cómplice en la broma instructiva que le quería gastar a su anfitrión, y se temió que iba a tener que trabajar sin un aliado. Y, a pesar de que habría disfrutado de su apoyo y de su colaboración, le pareció que se trataría de un doble triunfo si sus dos amigos veían al monje cisterciense. Musgrave ya creía en fantasmas, y estaba más que dispuesto a encontrarse a uno, y Lawley, a pesar de presumir de tener un juicio imparcial en lo que a fantasmas concernía, tampoco se mostraba reacio a que le convencieran de su existencia, si, en efecto, se lo podían demostrar.

Armitage se mostró más alegre que de costumbre al ver que las circunstancias favorecían su despiadado plan. El tiempo era propicio para sus intenciones, puesto que la luna salía más tarde y pronto habría luna llena. Al consultar el calendario, pudo comprobar con gran satisfacción que, al cabo de tres días, la luna saldría a las dos de la madrugada y, una hora más tarde, el fondo de la galería más cerca de la habitación de Musgrave se llenaría de luz. Aunque Armitage sabía que no iba a poder contar con un cómplice bajo el mismo techo, iba a necesitar a uno cerca, el cual fuera diestro con el hilo y la ajuga, para poder coser el disfraz, la sotana blanca y la capucha del monje cisterciense. Y, cuando al día siguiente, fue a casa de los Harradine para sacar a pasear a las chicas en los improvisados trineos, tuvo la suerte de tocarle llevar a la más joven de las Harradine. Mientras empujaba la silla con patines sobre la nieve dura, nada fue más fácil que inclinarse y susurrar al oído de Kate:

—Voy a llevarla lo más rápido que pueda para que nadie pueda escuchar lo que decimos. Preciso de su amable colaboración, necesito que me ayude a gastarle una broma a Musgrave, algo inofensivo y muy instructivo. ¿Me promete guardar el secreto durante un par de días, hasta que nos riamos todos de la broma?

5   Salmos, 127:5.

—Oh, sí, le ayudaré con sumo placer, pero no se demore y cuénteme cuál es esa broma tan instructiva que le quiere gastar.

—Quiero hacerme pasar por el fantasma de la familia de Musgrave, y hacerle creer a Musgrave que ha visto al monje cisterciense vestido con el hábito de la orden, el que fue visto por última vez por su respetado e ingenuo abuelo.

—¡Qué buena idea! Sé que está deseando ver al fantasma, y se lo toma como una afrenta personal que no se le haya aparecido nunca a él. Pero ¿no le asustará más allá de lo debido? —Kate giró la cara ruborizada hacia él, y Armitage paró el pequeño trineo sin querer—. Porque una cosa es desear ver un fantasma, sepa usted, y otra bien distinta creer que lo has visto.

—Oh, no se preocupe por Musgrave. Estaremos haciéndole un favor, haciéndole ver lo que tanto desea. Estoy organizándolo todo de tal manera que Lawley también podrá disfrutar del espectáculo, y verá al fantasma a la vez. Y, si dos hombres fuertes, juntos, son capaces de enfrentarse a un fantasma, mucho más cierto será que se enfrenten a uno de fabricación casera, una lástima si no.

—Bien, si considera que se trata de una broma inofensiva, sin duda, llevará razón. Pero ¿cómo podría yo ayudarle? ¿Supongo que con el hábito del monje?

—Exacto. La estaré sumamente agradecido si pudiera confeccionar algún tipo de prenda que pueda pasar por el hábito de un monje cisterciense a los ojos de dos hombres (quienes, de todos modos, no estarán muy en sus cabales durante el breve tiempo que durará la aparición). No la importunaría si yo mismo fuera un buen costurero (¿es este el masculino de «costurera»?). Los dedales me resultan un incordio y, en la universidad, cuando tengo que coser un botón, paso la aguja empujándola con una moneda, y tiro de ella por el otro lado agarrándola con los dientes. El proceso resulta laborioso.

Kate rio alegremente:

—Oh, puedo hacer sin problemas alguna cosa con una bata blanca que le vaya bien a un fantasma, y coserle una capucha.

Armitage le contó entonces a Kate los detalles de su plan, trazado a conciencia. Cómo él iría a su habitación, cuando Musgrave y Lawley fueran a las suyas, en la noche señalada; cómo se quedaría sentado esperando a que los otros estuvieran profundamente dormidos. Entonces, cuando saliera la luna —y si las nubes tapaban a la luna, y en el caso de no poder contar con su luz, cómo tendría entonces que retrasar su plan—, se disfrazaría del fantasma del monje, apagaría las velas, abriría la puerta con cuidado y miraría dentro de la galería para comprobar que todo estaba preparado:

—Entonces, daré un tremendo portazo, que fue lo que anunció la aparición del fantasma la última vez, y despertará a Musgrave y Lawley, y los hará salir disparados de la habitación. La puerta de Lawley esta junto a la mía, y la de Musgrave justo enfrente, por lo que ambos dispondrán de unas vistas magníficas del fantasma en el mismo instante, y podrán comparar sus observaciones más tarde en los ratos libres.

—¿Y qué hará si le descubren enseguida?

—Oh, no lo harán. La capucha cubrirá mi rostro y me pondré de espaldas a la luna. Mi más íntima convicción es que, a pesar de los anhelos de Musgrave por ver el fantasma, no le gustará cuando crea que ve uno. Tampoco a Lawley, y sospecho que se irán corriendo a sus habitaciones y se encerrarán en las mismas en cuanto atisben al monje. Ello me daría tiempo para volver a todo correr a mi habitación, cerrar con llave, desprenderme de mis galas, esconderlas, y desperezarme, recién despertado de un profundo sueño, y levantarme de la cama despacio cuando ellos vengan a tocar a la puerta de mi habitación para contarme el horrible suceso que acaba de ocurrir. Y una nueva historia de fantasmas se añadirá a la lista de las que ya circulan.

Y Armitage, anticipando la diversión, rio muy alto.

—Esperemos que todo salga exactamente como lo ha planeado, y nos sentiremos todos felices Y, ahora, ¿le importaría girar el trineo para volver con los demás? Ya hemos conspirado lo suficiente. Si nos ven a los dos hablando tan apartados del grupo, sospecharán que estamos tramando alguna fechoría. Oh, ¡qué viento más frío! Es delicioso escuchar cómo silba el viento al pasar por el pelo —dijo Kate. Armitage, mientras tanto, había girado con gran habilidad el pequeño trineo y lo conducía rápido delante de él, encarando el viento norte. Kate hundió la barbilla entre las pieles del abrigo.

Al cabo de dos días, por la tarde, Armitage halló el momento oportuno para llevar a cabo el encuentro con Kate, a medio camino entre las dos casas; era entonces que ella debía entregarle el paquete que contenía el hábito del monje. Los Harradine y toda su prole vendrían el jueves por la tarde para probar el tobogán en Stonecroft. Pero Kate y Armitage estaban dispuestos a sacrificar tal placer por el negocio que se traían entre manos.

Los conspiradores no hallaron otro modo para esquivar a sus amigos durante un par de horas, cuando, bajo estrictas medidas de seguridad, se realizaría la importante entrega a Armitage. Él lo llevaría entonces, con mucho sigilo, a su habitación y lo guardaría bajo llave hasta que fuera a necesitarlo de madrugada.

Aquella tarde, cuando los jóvenes llegaron a Stonecroft, la señorita Harradine se disculpó por la ausencia de su hermana, debida a, según dijo ella, un fuerte dolor de cabeza.

A Armitage, se le aceleró el corazón al escuchar tal excusa, y pensó lo práctico que podía resultarle aquello al misterioso sexo. La habilidad que tenían las mujeres para inventarse un dolor de cabeza a su antojo, de igual modo que uno abre o cierra el grifo del agua caliente o de la fría.

Después de la merienda, como había más caballeros que señoras, y los servicios de Armitage no eran requeridos en el tobogán, este decidió sacar a pasear a los perros. Con gran entusiasmo, se puso en marcha para reunirse con Kate. A pesar de lo mucho que disfrutaba que el plan madurara, aún disfrutaba más de la íntima conversación con Kate, la cual había surgido a raíz del mismo, y le lastimaba que el encuentro fuera a ser el último. Pero la luna no podía esperarse quieta en el cielo para representar su comedieta, y la luz de la luna resultaba imprescindible para representar la comedia, tal y como la había previsto. El fantasma debía ser visto a las tres de la madrugada del día siguiente, en el lugar y hora fijados, cuando se dieran las condiciones de iluminación necesarias para llevarlo a término.

Mientras Armitage caminaba ligero por la nieve, atisbó la figura de Kate a cierta distancia. Ella, sonriente, le saludó con la mano y señaló el paquete —parecía grande— que traía. El resplandor rojizo del sol de invierno brillaba sobre Kate, resaltaba los cálidos colores del pelo castaño, y hacía brillar sus ojos marrones. Armitage la miró sin esconder la admiración que sintió.

—Es tan amable por su parte ofrecerme su ayuda —dijo él, mientras recibía el paquete—. Volveré mañana para contarle cómo fue la instructiva broma. Pero, dígame, ¿cómo sigue ese dolor de cabeza? —inquirió sonriente—. Tiene un aspecto tan diferente del habitual en estos casos, con dolores o achaques, que olvidé preguntárselo.

—Muchas gracias, estoy mejor. No fue del todo un dolor impostado, si bien me sobrevino muy oportunamente. Me desvelé anoche, no porque me estuviera arrepintiendo en lo más mínimo de prestarle mi ayuda, por supuesto que no; sin embargo, deseaba que todo se pasara rápido. Una ha oído hablar de estas cosas, de estos trucos que, en ocasiones, resultan tan certeros que la gente termina perdiendo la cabeza con el susto, y no me lo perdonaría nunca si los señores Musgrave y Lawley se murieran del susto.

—En serio, señorita Harradine, me parece que no hay necesidad alguna de preocuparse por la salud mental de dos jóvenes fuertes y sanos. Si por alguno debe temer, es por mí. Si me descubren, se abalanzarán sobre mí y me destrozarán en el acto. Le aseguro que yo soy la única persona por la que se ha de temer. —Y la expresión grave, pasajera, cruzó como una nube el radiante rostro de Kate; y Kate admitió que resultaba bastante absurdo sentirse inquieta por aquellos dos hombres jóvenes, fornidos, más llenos de músculo que de nervios. Y partieron, Kate apresurándose a ir a casa pues se acercaba el crepúsculo, y Armitage, después de verla desaparecer, retrocediendo sobre sus pasos con el preciado paquete bajo el brazo.

Entró en la casa sin ser visto, y tras alcanzar la galería por una escalera trasera, avanzó a tientas hasta su habitación. Depositó su tesoro en el armario, lo cerró con llave, y atraído por el ruido de las risas, corrió abajo, al salón. Will Musgrave y sus amigos, tras un par de horas de ejercicio al sol, habían entrado en casa en cuanto oscureció. De buena gana fueron a tomar juntos el té y los pasteles, mientras charlaban y se reían al recordar las aventuras de aquella tarde.

—¿Dónde te habías metido, viejo amigo? —preguntó Musgrave cuando Armitage entró en la habitación—. Me parece a mí que tú tienes un tobogán privado en algún lugar secreto. Si la luna saliera a una hora decente y no a unas horas intempestivas, cuando a nadie le sirve ya su luz, hubiéramos ido a buscarte.

—No habrías tenido que ir muy lejos. Me habríais encontrado en el camino cerca del peaje.

—Pero ¿por qué ese ánimo tan apagado y sumiso? ¡Cómo puedes preferir pasear por la carretera cuando podrías haber estado deslizándote por el tobogán con nosotros! —dijo Musgrave con afectada simpatía, quien terminó riendo como un chiquillo y enredándose en una pelea de lucha libre entre los jóvenes, durante la cual Lawley evitó, en más de una ocasión, que se volcara la mesa donde habían servido el té.

Poco después, una vez desaparecidos los pasteles y las tostadas ante el apetito de los jóvenes, encendieron las linternas, y Musgrave y sus amigos y los hermanos de las Harradine se dispusieron —como guardaespaldas— a acompañar a las jóvenes damas a casa. Armitage estaba alborotado, y como le pareció que Musgrave y Lawley se habían apropiado de la compañía de las dos jóvenes más bonitas del grupo, bailaba desaforado a lo largo del camino, por delante de ellos, con la linterna en la mano como el mismísimo fuego fatuo.

Los jóvenes no se despidieron hasta planear nuevos placeres para el día siguiente, y Musgrave, Lawley y Armitage regresaron para la cena en Stonecroft. De regreso, llenaron el aire con canciones alegres con las que amenizaron el camino a casa.

Tarde por la noche, cuando los jóvenes estaban sentados en la biblioteca, Musgrave exclamó de pronto, mientras cogía un libro de lo alto de la biblioteca:

—¡Ey! ¡Me he encontrado el diario de mi abuelo! He aquí su propio relato de cómo vio al monje del hábito blanco en la galería. Lawley, puedes leerlo si quieres, pero no será desperdiciado ante un escéptico como Armitage. ¡Por Júpiter! ¡Qué extraña coincidencia! Hace exactamente cuarenta años esta noche, el treinta de diciembre, desde que vio al fantasma —le pasó el diario a Lawley, quien leyó la narración del señor Musgrave con gran atención.

—¿Es esto como aquello de «por poco me convences»?[6] —preguntó Armitage, percatándose de su intención y viendo que fruncía el ceño.

—Apenas sé lo que creo. Nada positivo en cualquier caso. —Y cambió de tema porque se dio cuenta de que Musgrave no tenía ninguna intención de debatir sobre el fantasma de la familia en la antipática presencia de Armitage.

Se retiraron pronto y la hora que Armitage tan alegremente había anticipado se acercaba.

—Buenas noches a los dos —se despidió Musgrave y entró en su habitación—. Me quedaré dormido en cinco minutos. Todo este

6   Hechos, 26:28-30.

ejercicio al aire libre hace que un hombre sienta una inexplicable somnolencia por la noche. —Y los jóvenes cerraron las puertas de sus habitaciones, y se hizo el silencio en Stonecroft Hall.

Las habitaciones de Armitage y de Lawley estaban una al lado de la otra, y en menos de un cuarto de hora, Lawley soltó un alegre «buenas noches», al cual correspondió el amigo del mismo modo. Entonces, Armitage se sintió mezquino y traidor. Musgrave y Lawley dormían profundamente, mientras él se mantenía despierto, sentado y vigilante madurando el malvado plan que tenía por objeto despertar y asustar a los dos inocentes durmientes. No se atrevía a fumar para pasar el rato, no fuera a ser que el humo del tabaco se colara por el ojo de la cerradura y lo delatara, informando a Lawley al instante —si se despertaba— de que su amigo estaba también despierto y actuando como si fuera pleno día.

Armitage extendió el hábito blanco de monje sobre la cama y sonrió al tocarlo, al pensar que los bonitos dedos de Kate habían estado trabajando sobre la tela hacía tan poco. No necesitaba ponérselo aún hasta dentro de un par de horas, y para ocupar el tiempo se sentó a escribir. Le habría gustado echarse una siesta. Pero sabía que si se dejaba vencer por el sueño, no habría quien lo despertara hasta que fueran a llamarle a las ocho de la mañana. Mientras se inclinaba sobre su escritorio, en el gran reloj daba la una de la madrugada, tan repentino y agudo fue que le pareció como un golpe en la cabeza y se sobresaltó con violencia:

«¡Lawley duerme como un ceporro, incapaz de oír un ruido así!», pensó, mientras subía el volumen de los ronquidos en la habitación de al lado. Entonces acercó las velas y prosiguió escribiendo, y un montón de cartas fueron testigos de su labor, hasta que de nuevo el reloj anunció la siguiente hora. Pero esta vez la esperaba, y no se sobresaltó, solo que el frío le hizo temblar: «Si no estuviera convencido de llevar a cabo este maldito y disparatado plan, ahora me iría a la cama —pensó—, pero no puedo romper mi palabra con Kate. Ella ha hecho el traje y debo ponérmelo, mala suerte», y, con un gran bostezo, dejó caer la pluma y se levantó para mirar por la ventana.

Era una noche clara y gélida. En el extremo del cielo negro, salpicado de estrellas, una borrosa franja de fría luz anunciaba que la luna estaba a punto de salir. Qué diferente de la tenue luz del amanecer, que preludia el alegre día, es la solemne salida de la luna en medio de una noche de invierno. Su luz no está hecha para despertar al mundo durmiente y llevarlo a sus tareas, cae sobre los ojos cerrados, cansados, y tiñe de plata las tumbas de aquellos cuyo descanso no será importunado jamás. Armitage no se dejaba impresionar fácilmente por el aspecto sombrío de la naturaleza —por el contrario, enseguida se dejaba seducir por su alegre y jovial influencia—, sin embargo, se alegraría de ver que la farsa había terminado y él ya no estaba obligado a vigilar la pálida luz elevarse y extenderse, solemne como el amanecer del último día.

Se volvió y alejó de la ventana, y procedió a convertirse en la mejor imitación del monje cisterciense que podía imaginar. Se echó por encima de la ropa el hábito blanco, para que pudiera parecer más grande, y marcó los círculos negros alrededor de los ojos, y espolvoreó la cara de un blanco espectral.

Armitage rio en silencio al ver su reflejo en el espejo y deseaba que Kate pudiera verle ahora. Entonces abrió la puerta con cuidado y miró dentro de la galería. La luz de la luna resplandecía sobre la oscuridad de la ventana del fondo, a la derecha de su habitación y de la de Lawley. Pronto estaría donde él la quería, ni demasiada luz ni demasiado oscuro, para que su plan tuviera éxito. Dio unos pasos atrás en silencio para seguir esperando, y se apoderó de él un sentimiento —lo más parecido al nerviosismo— que jamás había sentido antes. Su corazón latía acelerado, comenzaba a sentirse como una niña asustada, cuando un búho ululó y rompió el silencio. Ya no le interesó mirarse en el reflejo del cristal. Se había asustado con la palidez espectral de su cara empolvada.

«¡Al diablo con todo! Ojalá Lawley no hubiera dejado de roncar. Se agradecía la compañía».

Y de nuevo miró a la galería y ahora la luna proyectaba sus fríos rayos donde pensaba colocarse. Apagó la luz y abrió la puerta completamente, y dando unos pasos dentro de la galería, la dejó caer con un fuerte golpe cuyo eco resonó, pero que solo consiguió que Musgrave y Lawley se dieran media vuelta sobre sus almohadas. Armitage estaba allí de pie, vestido como el fantasma de Stonecroft, en medio de la galería, bajo la pálida luz de la luna, esperando a que las puertas de ambos lados se abrieran de golpe y revelaran las caras aterrorizadas de sus amigos.

Le dio tiempo a maldecir la mala suerte de que, justo aquella noche, ellos tuvieran el sueño tan profundo, y temió que los sirvientes hubieran oído el ruido que los señores no oyeron, y que vinieran corriendo al lugar, y estropearan el juego. Pero nadie vino, y mientras Armitage estaba allí parado, los objetos de la galería se hacían más y más claros por momentos, pues su vista se había ido acostumbrando a la oscuridad.

—¡No me había dado cuenta antes de que hubiera un espejo al fondo de la galería! Parecería impensable que la luna pudiera iluminar tanto para que sea capaz de ver mi propio reflejo tan lejos, solo el blanco resalta tanto en la oscuridad. ¿Pero es mi propio reflejo? ¡Maldita sea, esa cosa se mueve y yo sigo aquí parado! ¡Sé lo que es! Es Musgrave disfrazado, tratando de darme un susto, y Lawley ayudándole. Se me han adelantado, por eso no salieron de sus habitaciones cuando hice tanto ruido como para despertar a los muertos. ¡Qué raro que estemos todos haciéndonos, a la vez, la misma broma aleccionadora! ¡Acércate aquí, falso fantasma, y ya veremos cuál de los dos se vuelve más blanco!

Pero, para sorpresa de Armitage, la cual muy pronto se transformaría en terror, la figura blanca que creyó que se trataba de Musgrave disfrazado, y que, al igual que él, andaba jugando a los fantasmas, comenzó a avanzar hacia él, despacio, deslizándose por encima del suelo, sin tocar el suelo con los pies. El valor de Armitage era grande, y estaba decidido a mantenerse en pie, frente a aquello tan ingeniosamente urdido por Musgrave y Lawley para asustarlo y hacerle creer en lo sobrenatural.

Pero un sentimiento que no había sentido jamás hasta entonces se apoderó del fuerte joven. Abrió la boca reseca mientras aquella cosa flotaba hacia él, y profirió un grito áspero e inarticulado, el cual despertó a Musgrave y a Lawley, que se presentaron en sus puertas al instante, sin entender qué extraño susto los había despertado de un sobresalto. No penséis que fueron unos cobardes, encogiéndose paralizados, a causa de las espectrales formas que la luna llena descubría en la galería. Pero, mientras Armitage trataba de ahuyentar la espantosa visión que se acercaba a él, cada vez más, la capucha resbaló de su cabeza, y los amigos reconocieron su pálido rostro, descompuesto por el miedo, y corrieron hacia el amigo tambaleante y lo sujetaron en sus brazos. El monje cisterciense pasó por delante de ellos como una nube blanca y desapareció por la pared, y Musgrave y Lawley se quedaron solos con el cadáver de su amigo, cuyo disfraz se había convertido en mortaja.

Hace algunos años tuve la mala fortuna de pasar cinco meses como paciente en uno de nuestros hospitales de Londres. Eran los meses más deprimentes de todo el año, de noviembre a febrero, cuando la gran ciudad se ve despojada de sus atracciones estivales, y la lluvia, la niebla y las heladas luchan alternativamente por su supremacía, de modo que no perdí muchos placeres al aire libre debido a mi enfermedad. Mi vida había sido un viaje de subidas y bajadas, lleno de experiencias variadas. Había viajado mucho y visto muchos pueblos y países; había poseído riquezas y las había despilfarrado, y ahora al fin la pobreza y yo nos hallábamos cara a cara. Yo era el único responsable del revés de mi fortuna, y no podía quejarme a mí mismo del resultado de mis propias acciones. Los amigos íntimos que me ayudaban a gastar mi dinero me abandonaron al acercarse la adversidad, como los mosquitos que bailan bajo el sol desaparecen cuando el cielo está nublado.

No podía sino admirarme de la proporción de mis desgracias. Sin un céntimo, sin amigos, y por primera vez en mi vida, a los treinta y cinco años de edad, gravemente enfermo. La salud, sin la cual no podría hacer nada ni ser nadie, me era arrebatada precisamente en el momento en que era la única cosa necesaria para permitirme recuperar mi posición. Tenía parientes ricos, pero como no me había preocupado de conocerlos en mi prosperidad, no tenía ningún derecho sobre ellos en mi adversidad, ni ningún deseo de imitar el regreso del Hijo Pródigo con la infundada presunción de que matarían por mí un ternero cebado. Recuerdo que me pareció extraño, cuando el médico que me visitó en mi alojamiento barato me dio un volante de hospitalización para el hospital a mí, a alguien acostumbrado hasta entonces a otorgar, en lugar de recibir favores. Pero en la ayuda ofrecida no había ningún atisbo de obra de caridad. Lo acepté como procedente de ese gran ente impersonal que es lo público, por el que nunca nadie siente la pesada carga del sentido del deber.

El principio por el que siempre había elegido a mis amigos probablemente hizo más fácil de lo que habría sido para la mayoría de los hombres de mi educación pasar veinte semanas en términos amistosos con el variopinto grupo de especímenes humanos que pasaron por la sala del hospital con los que me relacionaba: mis compañeros-pacientes. Si un hombre me agradaba e interesaba, esa era su carta de recomendación. Disfrutaba de su compañía sin importar las distinciones sociales. No le daba más importancia si resultaba ser un duque, o menos si, por casualidad, era un taxista.

Muchos fueron los cambios que vi durante mi larga estancia en el hospital. Algunos de mis compañeros murieron, pero la mayoría se recuperaron y se marcharon, mientras que yo permanecí hasta que el número de camas cambió repetidamente, y llegué a ser el residente más antiguo y el más veterano del lugar. Nuestra sala era una habitación larga y estrecha con puertas plegables en cada extremo, una gran chimenea en el medio, con cuatro ventanas altas a cada lado, seis camas debajo de cada fila de ventanas y doce camas a lo largo del lado opuesto de la habitación, haciendo veinticuatro en total. Las paredes estaban pintadas de un alegre azul, colgaban de sus paredes grabados de más o menos mérito, y estaban adornadas aquí y allá con textos y lemas que nos incitaban a ser muy alegres, o, cuando eso no era posible, a probar la resignación como un útil sustituto del trabajo diario. El suelo era de madera pulida, sin alfombra ni moqueta. Las ventanas se abrían fácilmente mediante un sistema de cuerdas y poleas, y los ventiladores situados bajo el techo en el lado opuesto de la sala garantizaban una corriente de aire constante cuando era necesario cambiar la atmósfera. Pero nada puede impedir el peculiar carácter aséptico del aire de hospital. En ningún momento dejé de ser consciente de ello mientras el olor a carbólico me llenaba de repugnancia. Se supone que dominan otros olores supuestamente peores que el suyo, pero a mí me pareció una mera sustitución de un mal por otro.

La enfermedad que me retuvo tanto tiempo en el hospital fue un caso quirúrgico de gran interés para los médicos y de considerable sufrimiento para mí, pero gratificante para mi enfermizo egocentrismo, porque era el único caso de ese tipo en la sala, donde nueve enfermedades se repartían entre veinticuatro pacientes. Tener una enfermedad para sí solo entre el reducido número que los demás se repartían entre todos le confería a uno cierta distinción.

Una orden religiosa anglicana de hermanas se encargaba de la enfermería en el hospital, y cumplían espléndidamente con su cometido. Pienso en ellas todavía con respeto y gratitud. Las enfermeras eran mujeres fuertes y capaces, en su mayor parte maravillosamente tolerantes con los pacientes malhumorados e ingratos. Durante el tiempo que pasé a su cuidado, me hice una idea de las pruebas y dificultades de la vida de una enfermera de hospital. Llegué a la conclusión de que, si fuera mujer, trabajaría en cualquier cosa que fuera honesta, excepto azafata a bordo de un barco, antes que cuidar a personas enfermas para ganarse la vida.

Me maravilla cómo alguien acostumbrado a la tranquilidad y la intimidad en su propia casa cuando está enfermo pueda recuperarse en un hospital, donde no tiene ni lo uno ni lo otro. Pero yo tenía un temple tan espléndido que fue solo en los días de postración tras una operación cuando realmente sufrí por vivir sin intimidad, y entonces lo sufrí de manera aguda. A pesar de la pantalla puesta alrededor de mi cama para formar una habitación imaginaria para mí, en mi imaginación aún seguía viendo las siete caras sobre las almohadas a mi derecha y cuatro a mi izquierda en la larga fila de camas. Escuchaba cada gemido, cada quejido de los convalecientes extenuados, y por la noche escuchaba con el oído horriblemente alerta los largos ronquidos de aquellos de ellos que eran lo bastante felices como para poder dormir. La multitud de estudiantes de medicina, que acompañaba y se agolpaba alrededor de los médicos cuando estos hacían la ronda por las salas, bastaba por sí sola para matar a un paciente sensible y agitado. Se agrupaban como abejas en torno a cualquier caso especialmente interesante, y cuanto más horribles eran las imágenes que veían o los detalles que escuchaban, más contentos se ponían y más notas tomaban. Contemplé el porte digno y el rostro fino del célebre cirujano de operaciones, a quien escuchaban junto a un paciente, y me pregunté si alguna vez habría sido un muchacho rudo como tantos de sus alumnos. ¿Es posible que esos ojos penetrantes, con todo el fulgor del genio, hayan guiñado el ojo a un compañero de estudios a espaldas del gran médico de la época hace unos cuarenta años?

Enseguida me interesé por la rutina de la vida hospitalaria, y en los días en que me encontraba bastante bien, sin dolores, mi pasatiempo más querido era estudiar a mis compañeros-pacientes.

Éramos un grupo variopinto, seguramente los veinticuatro hombres más extraños que las circunstancias hubieran podido reunir. Los cambios en nuestra población eran tan rápidos que una cama apenas tenía tiempo de enfriarse antes de estar en posesión de un nuevo ocupante. Éramos de todas las edades, formas y tamaños, y de diversas nacionalidades; siendo, creo, los más representativos, pues nuestra compañía estaba formada por ingleses, irlandeses y escoceses, con un pequeño y colérico galés, alemanes, un yanqui, un francés, un sueco, un marinero lascar, un judío y un negro. Por casualidad, pusieron al yanqui, el día de su llegada, en la cama contigua a la del negro; pero tras muchas execraciones nasales, se produjo un cambio en la disposición en aras de la paz y la tranquilidad. También representábamos a muchos oficios, y entre nosotros había sastres, policías, vendedores ambulantes, carteros, un mayordomo, taxistas, un sepulturero, un refinador de azúcar, zapateros y un conductor de ómnibus.

También tuvimos algunos de esos misteriosos caballeros sin vocación particular ni medios visibles de sustento, que viven en la trastienda de todas partes, y que una multitud o un accidente saca a la calle en enjambres, como la lluvia torrencial saca los gusanos a la superficie de la tierra. Siempre están dispuestos a aceptar un trabajo esporádico, siempre que esté bien pagado y no sea penoso. Pasan las tardes de domingo manifestándose en el parque, ataviados con largos abrigos y mantas de lana, y nunca sin una pipa corta y tabaco, que presumiblemente cuestan dinero. No tengo ni idea de dónde duermen por la noche cuando no están en el hospital. Uno de nuestros compañeros, que me divirtió mucho, era un joven empleado, gentil y sensible, que quería explicarme cómo había llegado a una institución tan vulgar como un hospital público. Le consumía un inquietante temor de que, cuando se hubiera recuperado y regresado a su puesto en la oficina de los señores Scrawley y McNib en Lincoln's Inn[7], podría ser reconocido en la calle y se dirigiera a él uno de sus compañeros pacientes, un deshollinador en actitud demasiado amistosa. «Su cara, señor, estaría negra en el ejercicio de su ocupación y yo no lo reconocería, pero él me vería a menos de dos kilómetros de distancia y correría tras de mí; y si un hombre de mi posición

---

7   La Honorable Sociedad de Lincoln's Inn, comúnmente conocida como Lincoln's Inn, es una de las cuatro *Inns of Court*, asociaciones profesionales de abogados y jueces de Londres. *N. de la T.*

es visto hablando con un deshollinador, significa su ruina», me explicaba mi sensible oficinista.

Hice muchas amistades entre los compañeros-pacientes que se quedaban el tiempo suficiente para sentir cierto interés por los demás, a medida que la excesiva preocupación por su propio sufrimiento disminuía. Me despedí en excelentes términos de un mayordomo, que me enseñó el tipo de silbido que debía dar en el portón de entrada cuando le llamara para verle al caer la noche. Un chófer, al despedirse de mí, se ofreció de todo corazón a llevarme en su taxi por Piccadilly en mi primera salida al aire libre cuando dejara el hospital. Un considerado panadero alemán con el que hablé de metafísica según la definición de que «cuando un hombre te habla de una manera que no entiendes, sobre una cosa que él no entiende, eso es metafísica», me dio como regalo de despedida una lista de tiendas cuyo pan uno haría bien en evitar, por la costumbre del panadero de trabajar la masa con las manos sin lavar, y se lo agradecí. Un vendedor ambulante me enseñó cómo, al comprar fruta de un puesto ambulante en la calle, detectar los trucos del oficio. En resumen, recogí una gran cantidad de información que, si no era útil, me divertía y me permitía vislumbrar la vida de otros hombres.

Llevaba tres meses en cama, recuperándome de los efectos de una operación, cuando conocí a un hombre que me interesó más que ningún otro de mis compañeros. Recuerdo el día que llegó al hospital. Era la primera semana del año nuevo, y una enfermera me había felicitado por la buena suerte de haber tenido la cama a la derecha de la mía vacía durante dos días enteros. Su último ocupante había sido un tipo aburrido y pesado, absorto en la contemplación de sus propios síntomas y obstinadamente convencido de que era el mártir principal del universo, incapaz tal vez, y desde luego poco dispuesto a participar en las cortesías y distracciones de la vida de un enfermo. No le echamos de menos cuando se marchó, y la almohada en blanco era un objeto más agradable de contemplar que el rostro arrugado e irritable y la cabeza calva que habían yacido sobre ella. Se me ocurrió lo afortunado que sería si el destino me enviara un compañero de fatigas inteligente y comprensivo en la cama que había visto tan diversamente ocupada durante las últimas doce semanas.

La noche anterior mi descanso había sido agitado, y por la mañana, entre el trastorno de la visita del médico y la cena que nos traían, me quedé dormido. Cuando desperté me quedé asombrado al encontrar la cama que hora y media antes estaba vacía ocupada por un nuevo paciente, que parecía tan cómodo y establecido como si llevara allí una semana.

El recién llegado era un hombre alto y de complexión morena de unos treinta años de edad. Se acostó boca arriba con los ojos cerrados y la cabeza inclinada hacia mí, de modo que tuve una buena visión de su extraordinario rostro. Estaba seguro de que no era inglés, aunque no podía decir a qué país pertenecía. Parecía recién afeitado, me dije, pero después comprobé que no le crecía pelo en la cara, y un mes sin afeitarse no le oscurecía el borde de los labios ni la barbilla. Su piel era de un color marrón amarillento, y su cabello negro y liso que le cubría las orejas y le caía sobre la mejilla estaba cortado a escuadra en la frente. La nariz era grande y prominente, la boca grande, de labios finos y bien formados, y la mandíbula formaba un poderoso ángulo con la oreja. La longitud de la cara desde los ojos hasta la boca era mayor de lo habitual, y el largo hueco de la mejilla, finamente modelado, daba un contorno melancólico y digno a su semblante. Me preguntaba cómo sería cuando se despertara, y mientras lo observaba abrió sus ojos oscuros, grandes y separados, con una expresión clara y penetrante.

Mientras miraba su rostro, que a pesar de su suavidad era esencialmente masculino, y su expresión, una pintoresca mezcla entre astucia e inocencia infantil, me dije a mí mismo: «Amigo mío, no puedo asignarte de buenas a primeras a ningún país en particular, pero puedo fechar tu tipo de rostro por ti. No tienes nada que hacer vagando por el siglo XIX. Nunca deberías haberte movido del XIV, ni salido de las páginas de Froissart, a las que realmente perteneces».

Había una serena dignidad en aquel hombre que me impidió hacerle las preguntas habituales con las que se inicia una relación hospitalaria, tales como: «¿Cómo te llamas?, ¿de dónde eres? y ¿qué te pasa?». Y esperé mi oportunidad para hablar con él.

Cuando la enfermera me dio la cena, le pregunté:

—¿Quién es el hombre de la cama de al lado?

—Un francés; lo trajeron aquí mientras dormía usted.

«Bien», pensé; «entonces me entretendré practicando con él mi francés oxidado».

—¿Puede decirme su nombre?

—No, no consigo aprenderme los nombres franceses, y además, tiene una pila de ellos, esos extranjeros siempre tienen un montón.

Alcancé papel y lápiz del casillero a mi lado y se los di a la enfermera.

—Tan solo hágame el favor de copiar el nombre de su tarjeta sobre la cama y démelo, ¿quiere? —Hizo lo que se le pedía; volvió y me entregó el papel, en el que había escrito los nombres Jean Marie Thégonnec Pipraic.

—Vaya, el hombre debe ser de Bretaña —dije, repitiéndome los dos apellidos.

—¡De la Gran Bretaña! Un francés nunca ha sido un británico, y no podría serlo aunque lo intentara —saltó la enfermera, pues en unos segundos su sensibilidad patriótica tomó el camino equivocado debido al malentendido.

—De Bretaña, mi buena mujer, Bretaña, no Gran Bretaña —dije yo—; y un bretón no es más francés, aunque hable francés, que un galés es inglés, aunque hable inglés. Dígame, ¿en qué momento ese rostro solemne y digno del siglo XIV perteneció jamás a un francés? —Y quise discutir con mi enfermera sobre las diferencias raciales. Pero ella cortó el asunto volviéndose hacia el nuevo paciente y preguntándole claramente si era francés o qué, porque un inglés en la cama de al lado no le creía. Nuestro forastero, que estaba sentado con la mesa sobre las rodillas, esperando la cena, se inclinó gravemente, primero ante la enfermera y luego ante mí.

—Soy bretón, *madame,* y vengo de Roscoff, en el departamento de Finisterre —dijo en voz baja y melancólica, hablando con un fuerte acento extranjero. Y añadió con digna sencillez—: Me llamo Jean Marie Thégonnec Pipraic, pero en todas partes me llaman Jean Marie.

—Creía que eras bretón por tu nombre —le dije—. Conozco muy bien tu región de Bretaña. Llegué a conocer Finisterre y Morbihan de cabo a rabo. Una vez pasé un verano allí.

—¿Conoce *monsieur la Bretagne?* —dijo mi nuevo compañero, con ojos brillantes. ¿Ha estado en Morlaix, Landenau, Quimper, S. Pol de Léon, Carnac, Plougastel? —Y luego siguió un torrente de nombres de lugares, algunos en la costa y otros en el interior, tal como le venían a la mente.

—Los conozco todos, amigo mío —dije, sonriendo ante su entusiasmo—, y cuando haya cenado, podrá preguntarme lo que quiera y verá que es verdad lo que le cuento.

—No pongo en duda que *monsieur* diga la verdad, pero es maravilloso; ¡es maravilloso!

Observé que Jean Marie, como ya le llamaba yo, se persignaba devotamente en la frente y en el pecho, antes y después de tomar alimento. Intenté hablar francés con él, aunque no siempre con claros resultados, pues él había aprendido francés como segunda lengua y hablaba un *patois* extraño, mientras que el mío, tal como era, lo había adquirido en París. Surgió rápidamente una amistad entre nosotros, basada en mi conocimiento de las escenas de su infancia y de los lugares más queridos por él en su madurez. Y me encariñé con Jean Marie, de modo que se me hundió el corazón cuando me enteré de lo grave que consideraban los médicos su caso. Poco a poco me contó la sencilla historia de su vida.

Jean Marie Thégonnec Pipraic era hijo de un pobre pescador y su esposa que vivían cerca de Roscoff, en la costa de Finisterre. Él y su hermana menor, Anne, homónima de *La Bonne Duchesse,* de la que después de cuatro siglos se sigue hablando en Bretaña como si solo llevara muerta una generación más o menos, eran los únicos hijos y se habían criado en una pobreza y un trabajo tan duros que a mis mimados oídos ingleses le parecía increíble. Nunca probaban la carne. Su comida era el pan duro, con cebollas y patatas, y de vez en cuando en los días festivos un poco de pescado y leche. Se levantaban a las cuatro de la mañana para hacer o reparar redes de pesca, o para trabajar en la pequeña parcela de terreno que rodeaba la cabaña en la que vivían. El padre salía a pescar todas las noches, y la madre encendía una vela en la ventana que, cuando el tiempo estaba en calma, él podía ver como un punto de luz cuando su barca se agitaba en el agua, lejos de la orilla. Cuando regresaba sano y salvo a casa, fuera de las fauces de los vendavales del oeste que asolan aquella costa, la piadosa madre llevaba a sus hijos a la iglesia, para agradecer a la Santísima Virgen su protección. En una ocasión, cuando el esposo y padre se había salvado milagrosamente de una tormenta, hicieron una ofrenda votiva de la maqueta de un barco pesquero, que colgaba suspendido del techo del presbiterio ante el altar de su santo patrón, en señal visible de la misericordia del Cielo y la gratitud del hombre.

Pero llegó una temible noche de otoño en la que una repentina borrasca azotó la pequeña flota de barcos pesqueros, y en el funesto amanecer, cuando el tempestuoso mar y el cielo parecían una sola masa desgarrada dentro de la niebla gris, de entre la masa revuelta de olas devoradoras, los cuerpos ahogados de los valientes pescadores fueron arrastrados hasta la orilla. Y entre ellos el de Thégonnec Pipraic, el padre de Jean Marie.

—El mar es cruel en la costa de Finisterre, *monsieur;* deja muchas viudas y huérfanos; y en las noches de invierno lo oímos aullar como un lobo hambriento a nuestra puerta. Pero en verano a menudo está en calma y azul como el cielo arriba, y las pequeñas islas son como nubes que flotan en su superficie. En el verano, *monsieur*, el mar es como el amor del *bon Dieu;* en el invierno es como su ira, y temblamos ante él.

Jean Marie debía haber sido pescador, como su padre antes que él. Pero la madre, temiendo que el cruel mar le arrebatara tanto a su hijo como a su esposo, se mudó a poca distancia de S. Pol de Leon, donde encontró trabajo para ella y para la pequeña Anne en el campo. Jean Marie, con solo diez años, trabajaba sus doce horas diarias como jornalero agrícola por una miseria insignificante; pero, como él decía, «el *bon Dieu* dispuso que no me faltara de nada. Tenía pan; tenía salud y fuerza; y al hacerme mayor pude socorrer a mi madre y a mi hermana».

Jean Marie veía al *bon Dieu* en todo. Nunca he conocido a un hombre o una mujer con semejante fe infantil.

Cuando tenía veinte años, su madre murió, agotada por el trabajo y la escasez. Por mucho que trabajaran, los tres no podían ganar más que lo suficiente para satisfacer las necesidades recurrentes de cada día. No tenían un céntimo para hacer frente a las enfermedades o accidentes, ni para proporcionarle a su madre un poco de descanso antes de morir. Poco después de su muerte, su hija se casó con un pescador y se fue a vivir a la isla de Batzoff, cuya tierra la labran las mujeres, mientras los hombres salen a la mar. Y allí sigue viviendo en la pobreza, rodeada de muchos niños.

—¿Cómo es que hablas inglés, Jean Marie? —le pregunté un día cuando no sentía dolores y podía disfrutar de la conversación.

—*Monsieur,* lo aprendí de un excelente compatriota suyo, que vivió durante muchos años en Carnac, tratando de averiguar el significado de las grandes piedras que hay allí. *Monsieur* Smitt era como un padre para mí. Fui su sirviente, cavé su jardín y cuidé de su caballo y su vaca, y me enseñó a hablar su difícil idioma. Durante varios años viví con mi amo. No era católico, *monsieur;* Père Croisac diría que ni siquiera era cristiano, pero el *bon Dieu* le había dado un buen corazón, y los pobres rezaban por él. Intenté convertir a mi amo y le aseguré los milagros que los santos aún obran en Bretaña. Pero *monsieur* Smitt no se dejó convencer. Tenía una manera de bromear como tantos ingleses... Perdóneme, *monsieur*, pero no es una buena costumbre bromear sobre cosas sagradas. Pero en el fondo creo que mi amo creía, porque me dejó ir hasta Helgoet cuando nuestra vaca tuvo al ternero, y sufría como un cristiano, para pedirle a San Herbot por la pobre bestia.

—Recuerdo perfectamente la iglesia de San Herbot —dije—. Ha tomado el ganado bajo su protección especial, y vi mechones de pelo de animales enfermos que habían depositado los desafortunados dueños de los animales, que habían venido a rezar por su recuperación.

—Entonces, *monsieur*, debe haber visto el mechón de pelo de la cola de nuestra pobre vaca que yo mismo puse en el altar del santo —dijo Jean Marie animado—. Era rojo, con aquí y allá un pelo blanco mezclado; *monsieur* no podría olvidarlo.

Me vi obligado a eludir el aprieto diciendo que, cuando visité la iglesia de Saint Herbot, el altar estaba tan densamente cubierto de mechones de pelo de cabra, caballo y vaca que el mechón de Jean Marie debía de estar oculto bajo ellos.

—¿Y la vaca se recuperó? —pregunté.

—*Monsieur,* cuando volví de mi peregrinación al tercer día, el pobre animal estaba muerto.

—¡No!, ¿cuando habías caminado dos días enteros para poner un mechón de su pelo ante San Herbot? ¿En qué estaría pensando el santo?

—*Monsieur,* el Sagrado San Herbot tiene dos maneras de responder a la oración por *les pauvres bestiaux malades*[8]. Si juzga que es mejor que se recuperen, mejorarán; pero si no, morirán. —Y como si no quisiera seguir hablando del santo con un incrédulo, Jean Marie pasó a otros recuerdos.

»Cuando tenía veinticinco años, mi amo me llevó con él a París;

8   Las pobres bestias enfermas.

era la primera vez que salía de mi Bretaña natal. Pero, *monsieur,* qué cosa, la gente de allí me trataba como si fuera un salvaje. Se reían de mí en la calle, de mi larga cabellera, de mi amplio sombrero, de mis excelentes bombachos *bretones, «breeches»,* es como los llaman ustedes los ingleses, *monsieur,* del modelo que mis antepasados habían llevado desde los días de *La Bonne Duchesse.* Me hacían burlas cuando iba a misa, y sus iglesias estaban vacías; en Bretaña están llenas de hombres. Me robaron el dinero y, cuando pregunté educadamente por una dirección en la calle, me dirigieron al lugar equivocado. Los propios niños usaban palabras viles, y las jovencitas me decían cosas que un hombre de Bretaña se sonrojaría al imaginar.

Un día, cuando ya habíamos intimado bastante, Jean Marie me confió el amor que había sentido por su compañera de servicio, Françoise.

—Señor, nunca he amado más que a una mujer, mi Françoise. Durante cinco años comimos en la misma mesa, trabajamos en el mismo jardín, fuimos a misa juntos, rezamos juntos. No nos habíamos casado porque yo deseaba ahorrar un poco de dinero primero, para que mi esposa no tuviera que trabajar como lo había hecho mi pobre madre. *Monsieur,* no puedo decirle si mi Françoise era hermosa o no, pero el *bon Dieu* me la había concedido, y nunca miré a la cara a otra mujer. Íbamos a casarnos: *monsieur* Smitt seguiría teniéndome como su criado, viviríamos en una casita cerca de él y tendría a otra mujer como cocinera, aunque mi Françoise seguiría ayudando en las tareas domésticas. A los quince días de nuestro pretendido matrimonio, nuestro buen amo cayó enfermo de fiebre, y mi Françoise lo cuidó, se contagió y murió. Ambos murieron, señor, mi amo y mi Françoise, y traté de contagiarme para morir yo también, pero la fiebre no tenía más poder para matarme que el fuego para quemar a los santos. Y pensar, *monsieur,* que podríamos haber sido marido y mujer si yo no hubiera querido tanto a mi Françoise. *Monsieur,* este rosario es todo lo que tengo que perteneció a mi Françoise, porque ella era tan pobre como la misma Santísima Virgen.

Y Jean Marie extendió hacia mí su largo y delgado brazo, y depositó sobre el armario junto a mi cama un rosario barato, hecho con una ristra de pequeñas bayas, con un crucifijo atado a él.

Tras la muerte de su amo y Françoise, Jean Marie regresó al barrio de Roscoff y trabajó para un agricultor acomodado, que cultivaba grandes cantidades de las cebollas por las que es famosa esa parte de Finisterre. Era un hombre emprendedor y ávido por encontrar el mejor mercado para sus productos. Jean Marie le sirvió fiel y hábilmente, y cuando llevaba tres años con él le aumentó el sueldo, y como hablaba inglés le envió a Londres, a negociar la venta de sus cebollas con comerciantes ingleses. Me sorprendió descubrir lo astuto que era mi amigo del siglo XIV en asuntos de negocios. Había hecho negocios provechosos para su patrón y para él mismo, y *monsieur* Ploumel estaba muy satisfecho con la honradez y la habilidad de su agente.

Y ahora, en su tercer viaje a Inglaterra, Jean Marie se vio afectado por una enfermedad mortal, y nunca regresaría a su tierra natal.

—He estado enfermo durante más de un año, *monsieur.* Lo sé por el dolor que he padecido. Pero no importa; ya se acabó. He terminado mi trabajo. El día anterior a mi ingreso en este hospital envié a *monsieur* Ploumel hasta el último céntimo que había ganado para él, y un giro de trescientos francos que había ahorrado para mi pobre hermana y sus hijos. He venido aquí a morir —dijo, en tono tranquilo e impasible, como si estuviera hablando de un extraño.

Escuché en silencio, porque sabía lo que los médicos pensaban de su caso; que no se podía hacer nada para curar, sino solo paliar la enfermedad. Nunca había habido un enfermo más paciente en el hospital. A pesar de su superstición medieval, Jean Marie era un cristiano muy valiente y ninguno de nosotros estábamos a su altura. Cuando conseguía librarse del dolor lo bastante como para poder hablar, lo hacía con suave cortesía, y nunca escapaba de sus labios una palabra de queja o de impaciencia. Siempre estaba dispuesto a escuchar las quejas egoístas de sus compañeros, aunque intentaba, con el ejemplo y los preceptos, sacarnos de la estrechez de miras del sufrimiento egoísta.

Un día vi que estaba agonizando. Su rostro moreno estaba lívido, y cuando pudo hablar dijo en voz baja:

—*Monsieur*, estos dolores son pequeños pinchacitos comparados con los que el Santísimo Redentor sufrió por nosotros.

Aquella noche Jean Marie estaba muy enfermo, y yo permanecí despierto, en parte por simpatía hacia él, en parte porque su inquietud me dificultaba el sueño, ya que murmuraba y hablaba consigo mismo sin cesar. La enfermera lo atendía constantemente y me dijo: «Su somnífero no le ha sentado bien esta noche; está terriblemente inquieto».

Entre las dos y las tres de la madrugada me pareció que la enfermera estaba de nuevo inclinada sobre Jean Marie. En el lado opuesto de su cama, frente a mí, una mujer estaba de pie con un gorro blanco, pero no como el que llevaban nuestras enfermeras, y se inclinaba sobre Jean Marie como si fuera a besarlo. Luego se arrodilló, cogiéndole la mano con la suya, y la luz de la sala me bastó para ver que llevaba el traje de una campesina de Bretaña, con el pañuelo de algodón de colores sobre los hombros, metido en el peto del delantal negro por delante. Me incorporé en la cama y una enfermera, que estaba sentada junto al fuego, vino enseguida a verme.

—¿Necesita algo? —preguntó ella.

—Sí; ¿quién es esa mujer? —Y señalé la figura que todavía estaba de pie junto a Jean Marie.

—¿Qué mujer? —dijo, mirando en la dirección que le indiqué.

—Esa campesina de Bretaña, sin duda, al lado de la cama de Jean Marie, hablándole y sosteniéndole la mano.

—¡Ha estado soñando! —dijo la enfermera—. No hay nadie ahí. Acuéstese y trate de dormir, aunque me atrevería a decir que ese pobre tipo se lo está poniendo difícil.

Yo no había estado soñando, pero Jean Marie sí, porque después se despertó con un pequeño suspiro, como si lamentara volver en sí, y dijo en su tono tranquilo:

—*Monsieur,* el *bon Dieu* ha sido muy bueno conmigo. Él me ha enviado a mi Françoise en un sueño, y yo la he visto y sostenido su mano en la mía. Solo he de sufrir tres días más, pues el domingo a las dos de la mañana mi Françoise ha de venir a buscarme. —Y se rio para sus adentros, una risita de incomparable felicidad, y poco después volvió a delirar.

Durante todo el jueves, viernes y sábado, mi amigo empeoró constantemente, aunque los médicos no preveían un final inmediato a sus sufrimientos. Su mente vagaba todo el tiempo, y hablaba consigo mismo incesantemente en bretón. Cuando de vez en cuando hablaba francés, y yo entendía lo que decía, se imaginaba que era un niño otra vez, jugando en la arena o sentado en las rocas con su hermana pequeña, arreglando las redes de pesca de su padre. Me puse febril de emoción pues anticipaba lo que le ocurriría a Jean Marie. Ciertamente había visto a su Françoise, y temía su regreso. Pero no me atreví a confiar ni en el médico ni en la enfermera. Mi extraña experiencia solo podía ser considerada por ellos como la fantasía de un hombre enfermo. Pero mi estado de excitación nerviosa lo notó y así lo comentó uno de los cirujanos del hospital, un joven agradable que me había mostrado mucha amabilidad.

—¿Por qué diablos está tan exaltado? —me preguntó el sábado por la tarde—. No ha tenido un pulso como este desde antes de su primera operación, y no tiene ninguna otra preocupación a la vista que pueda explicarlo.

Pero no podía decirle la verdad, porque de mí parecería increíble. Dije que había dormido mal durante varias noches, y eso podría explicar que no estuviera tan bien como de costumbre. Y terminé con la petición aparentemente intrascendente:

—Venga a ver a Jean Marie a las dos de la mañana, doctor.

Hablé con tanta seriedad que el cirujano dejó de golpearse la palma de la mano con el estetoscopio que sostenía en la mano derecha.

—Estaré en la sala a las cuatro en todo caso, de modo que, a menos que tenga usted muy buenas razones para pedirme que le vea antes, su petición es absurda. Si pudiera hacerle algún bien al pobre hombre viéndolo, entonces sería otra cosa. Y ya mismo no doy abasto.

—Pero tengo una fundada razón para pedirle que vea a Jean Marie precisamente a esa hora —insistí—. No puedo decirle ahora de lo que se trata, pero lo haré después, si viene. —Y volvió a tomarme el pulso, y supe que pensaba que estaba divagando.

—Bueno, bueno —dijo de buen humor—, si puedo despertarme a esa hora, las dos en punto, dijo usted, entraré y echaré un vistazo a Jean Marie.

Hacia las once, cuando las luces se apagaron y todo quedó en silencio por la noche, la mente de Jean Marie se despejó y tranquilizó por un breve instante. Era como un hombre a punto de emprender un viaje encantador hacia algún lugar y junto a amigos que deseaba ver; estaba lleno de una emoción profunda y feliz. Cuando la enfermera le preguntaba si quería algo, su respuesta era siempre la misma: «*Mon amie,* mis días de carencia han terminado; lo tengo todo». Entonces me habló:

—Estoy listo para irme cuando venga mi Franchise a buscarme. *Monsieur,* si pudiera dejarle mi rosario, me alegraría. Puede que el *bon Dieu* le haga convertirse al catolicismo. —Y lanzó una mirada melancólica.

—Jean Marie, me convertiría a lo que fuere que me diera tu paz y tu valor —dije. Pero no creo que oyera mi respuesta, pues volvió a divagar, hablando consigo mismo y cantando fragmentos de viejas canciones bretonas, que no eran muy diferentes de los tonos gregorianos.

—Ojalá ese francés se callara y me dejara dormir —gimoteó una voz inquieta de mi vecino de la izquierda.

—Es la última noche que te molestará; ten un poco de paciencia —dije.

***

Hacía rato que había pasado la medianoche, y a su debido tiempo escuché que los relojes de la iglesia, a más de un kilómetro a la redonda, daban la una, como irregulares disparos en fila. No tuve que esperar mucho para saber si el sueño profético de Jean Marie era cierto o no. En el exaltado estado de mis sentidos, cada sonido en la sala, cada pisada de las enfermeras, parecía anormalmente fuerte, mientras yo observaba en la tenue luz los rasgos del viejo mundo de Jean Marie. Él estaba tumbado boca arriba con los ojos cerrados, sus largos dedos morenos contaban las cuentas y sus labios se movían rápidamente. En ese momento, una enfermera se acercó a su cama con una dosis de medicina tan nauseabunda que el olor que desprendía me hizo sentir mal.

—¿Debe molestarlo para darle esa cosa repugnante? —pregunté, mientras miraba con compasión a Jean Marie, tranquilo por primera vez en muchas horas.

—Órdenes del médico —respondió brevemente, y levantó la cabeza del paciente para llevar el vaso a sus labios. Él abrió los ojos, y vi por su expresión que su alma se rebelaba ante el repugnante trago. Luego, con la mansedumbre de un niño pequeño, se lo bebió hasta el fondo.

Faltaban pocos minutos para las dos y yo estaba en un estado de excitación casi intolerable. Cuando cayó una ceniza de la rejilla sonó como un trueno, y yo me sobresalté y temblé. Jean Marie había caído en un sueño inquieto, pero ya no murmuraba ni hablaba solo. Apenas podía creer lo que veían mis ojos, aunque esperaba firmemente lo que vi: al lado de la cama de Jean Marie estaba la misma figura que había visto hacía tres noches, la campesina de Bretaña. Su rostro limpio y moreno estaba cubierto con la más dulce de las sonrisas, e inclinó su cabeza oscura con la gorra nívea sobre Jean Marie hasta que su mejilla casi tocó la de él. Mi corazón latía hasta la asfixia, y me apoyé en mi codo, decidido a observar de cerca. Rara vez estaban todos dormidos al mismo tiempo en la sala, y la hermana encargada y las enfermeras estaban ciertamente despiertas. ¿Nadie más veía la figura alta junto a la cama de Jean Marie? Debieron de ser diez minutos enteros el tiempo que vi a la mujer de pie e inclinada sobre él con su pintoresco vestido, y por fin ella se arrodilló a su lado y le oí decir a él en voz baja y extasiada: *«¡Oh, ma Françoise!, ¡ma Françoise!»*, mientras exhalaba su último aliento.

—Enfermera, enfermera —grité—, ¡Jean Marie se está muriendo! —Y se apresuró a ir hacia él al momento, y al hacerlo pasó inconscientemente a través de la forma sombría que aún se cernía sobre él. En ese momento se abrió la puerta del fondo de la sala y entró el cirujano del hospital.

—¿Qué sucede? —dijo al verme fuera de la cama y a la enfermera tomando el pulso a Jean Marie.

—Jean Marie ha muerto; ha sido muy repentino; solo hace media hora que le he dado su dosis —dijo la enfermera.

Entonces le conté al doctor lo más serenamente que pude lo que había visto el jueves a la noche y cómo Jean Marie me había hablado de su sueño, que yo había visto cumplido, y de la figura fantasmal de la campesina bretona que en aquel momento se había desvanecido de mi vista. No me atreví a decírselo la noche anterior, pero ahora que había confirmación de ello debía ver por sí mismo que era cierto, y señalé el cadáver del pobre Jean Marie.

Escuchó con la mayor atención.

—Si hubiera sido cualquier otro paciente el que me hubiera dicho tal cosa —dijo al fin—, habría sabido que deliraba, y le habría ordenado poner hielo en la cabeza, y no digo sino que podría ser algo bueno incluso para usted. Aun así, cuando un hombre culto como usted está convencido de que se ha encontrado cara a cara con lo sobrenatural, tiene derecho a ser escuchado. Es extraño, muy extraño. Jean Marie era un hombre extraordinario; nunca he conocido a un paciente como él. Solo hay una cosa de la que puedo estar seguro en todo este asunto, y es que debo sacarle a usted de este pabellón a primera hora de la mañana, o sus nervios quedarán destrozados, además de tener que lidiar con sus otros problemas.

El cuerpo de mi pobre amigo fue retirado antes de que ninguno de los pacientes supiera que se había producido una muerte. En pocas horas me encontré en otra sala del hospital, rodeado de caras nuevas, y apenas podía estar seguro de si había soñado o no la extraña historia de Jean Marie Thégonnec Pipraic.

EL MARCO VACÍO

Era un día tormentoso de septiembre. Un temporal de otoño había arreciado desde el amanecer, sacudiendo puertas y ventanas y golpeando los muros de Eastwick Court. Los huertos estaban sembrados de fruta magullada arrancada por la ruda mano del viento. Los jardines que ayer, limpios y recortados, disfrutaban del sol otoñal, hoy estaban llenos de ramas arrancadas de los árboles y de una profunda melancolía con las flores arrancadas. Los caminos estaban cortados en canales por los torrentes de lluvia, que arrastraban la arena suelta sobre la hierba, donde, al retirarse el agua, formaba manchas rojas en el suelo. Al atardecer hubo una tregua repentina. El vendaval se redujo a un susurro, y la lluvia cesó. Pero no había ni un rayo de luz en el cielo gris. Ningún resplandor del atardecer brillaba en las sombrías paredes, ni reflejaba su roja luz en las ventanas de la vieja casa lavadas por la lluvia.

En el interior estaba demasiado oscuro para leer o trabajar, y en la forzosa ociosidad del crepúsculo, la señorita Swinford dejó su libro y se sentó en una silla baja junto al fuego.

Katherine Swinford estaba sola en el gran salón. Mientras se inclinaba hacia delante con las manos entrelazadas en el regazo, observando las provocadoras llamas que jugueteaban alrededor de los troncos de la chimenea, había algo de conmovedor a la par que majestuoso en su aspecto. La señora de Eastwick Court ya no era joven. Su espesa cabellera con vetas de mechones blancos, y varias líneas en su frente y alrededor de sus claros ojos grises mostraban dónde el paso del tiempo había dejado su huella. Sus rasgos eran grandes pero finamente formados, su expresión firme y segura de sí misma. La señorita Swinford había vivido tanto tiempo sola, dueña de una gran propiedad y leyes propias bajo sus dominios, que había adquirido los modales un tanto imperiosos de quien ejerce una tiranía benévola y tiene el derecho incuestionable a ser obedecida. Era la única hija y heredera de sir John Swinford, que había muerto hacía unos doce años, y había perdido a su madre en su infancia.

Nadie podría haber supuesto que la señorita Swinford, como la reina Isabel, estaba destinada a reinar sola. Había tenido tantos pretendientes como la misma Reina Virgen, y podrían clasificarse en tres órdenes. El primero, y más numeroso, se sintió atraído por el patrimonio, del que la dama no parecía sino el apéndice necesario. El segundo sentía el encanto de la heredera, y el encanto aún mayor de su riqueza, mientras que el tercer orden de pretendientes estaba representado por un solo hombre, que amaba a Katherine por sí misma, y la habría pretendido aunque ella hubiera estado sin un centavo. No hace falta contar la historia —*«es ist ein altes Liedchen»*[9]— el amor verdadero murió hace mucho tiempo, y su cuerpo destrozado por la fiebre yacía enterrado en la arena caliente de una costa tropical, y Katherine Swinford seguía siendo y seguiría siendo siempre Katherine Swinford.

Tal vez, mientras estaba sentada junto a su solitaria chimenea al anochecer, pensaba en lo que podría haber sido, en el fuerte brazo en el que podría haberse apoyado, en los niños que podrían haberla llamado madre. Suspiró y, levantándose bruscamente, dio orden de que se encendieran las luces.

«¡Esto nunca servirá! Me pondré melancólica si me siento sola al atardecer. Está poblada de fantasmas, y de lo que podría haber sido, el peor de todos los fantasmas. Últimamente he estado demasiado sola. Debería de recibir visitas regularmente. Por cierto, me pregunto por qué no he tenido noticias de sir Piers Hammersley. Han pasado diez días desde que le escribí invitando a su hija a venir a quedarse conmigo». Y un aire de luminosa energía sucedió a su pasajera depresión, y cuando trajeron las lámparas a la habitación, la señorita Swinford parecía diez años más joven de lo que lo había hecho poco antes.

Sir Piers Hammersley era primo del difunto sir John Swinford, y ambos descendían de un ancestro común, sir Miles Swinford, que vivía en Eastwick Court en la época de Carlos I. Los Hammersley eran originariamente Swinford. Pero el segundo hijo de sir Miles, Adam, se había casado con una heredera en Cumberland, Anne Hammersley, con la condición de que llevara su nombre y compartiera su fortuna. Cuando Adam se fue a vivir al norte, se llevó consigo a su hermana Joceline, cuyo amante, el coronel Dacres, había sido herido luchando por el rey, y había muerto en casa de su padre; desde entonces ella estaba de luto y languidecía en Eastwick Court. Joceline solo tenía veintitrés años, y su familia pensó que la ausencia del hogar y sus trágicas

---

9   Es una vieja historia. *N. de la T.*

asociaciones le devolverían la salud y la alegría. Y con esta esperanza emprendió lo que entonces era el largo y aventurado viaje desde Herefordshire hasta Cumberland. Pero ningún cambio de aire o de escena podía detener el declive en el que había caído. Antes de que llegara la primavera fue depositada en el panteón de los Hammersley.

Su triste historia y su mítica belleza, confirmada por un retrato que aún se conserva en Eastwick Court, habían hecho que tanto los Swinford como los Hammersley la recordaran, y no se había permitido que el nombre de Joceline se extinguiera en la familia. La razón por la que la señorita Swinford se había animado a escribir al primo de su padre, a quien no había visto desde que era una niña, era que su única hija se llamaba Joceline. En su soledad, su corazón se había encariñado con su desconocida pariente, y había escrito pidiendo a Sir Piers que permitiera a su hija visitarla en la casa natal de la Joceline original. Los Hammersley aún vivían en Cumberland, y la carta de la señorita Swinford debió de llegar a su destino al día siguiente de ser enviada. Pero no había recibido respuesta a su amistosa invitación. Se sintió asombrada y casi ofendida por el frío silencio donde ella había esperado una respuesta afectuosa.

«Mi prima Joceline es mucho más joven que yo y tal vez no le haga mucha ilusión pasar unas semanas a solas conmigo», argumentó consigo misma. «Pero al menos debería desear ver el hogar de sus antepasados, y el retrato de Joceline Swinford, y sería afortunada si se le pareciera».

Aquí el soliloquio de la señorita Swinford se vio interrumpido por una inesperada interrupción. Se oyó el ruido de pesadas ruedas que subían lentamente por la avenida por la que se accedía a la casa desde la carretera principal, y el carruaje, carreta o lo que fuera que pudiera ser tan pesado, se detuvo ante la puerta principal.

«La tormenta ha debido destrozar la grava por completo», pensó la señorita Swinford. «Nunca antes había oído que las ruedas sonaran tan pesadas en la avenida. ¡Quién puede estar viniendo a hacerme una visita a última hora de la tarde, justo cuando estoy a punto de vestirme para la cena!». Y el pesado carruaje se alejó lentamente. Inmediatamente después, la puerta del salón se abrió de golpe, y Bennet, el viejo mayordomo, anunció:

—La señorita Hammersley.

La señorita Swinford se sobresaltó y avanzó para dar la bienvenida a una joven y alta dama vestida de negro, unos quince años menor que ella. Era pálida como la muerte; tenía ojos castaños de ensueño, y cabellos rubios, y guardaba el más extraordinario parecido con el retrato de Joceline Swinford.

—¡Mi querida prima! ¡Has caído del cielo! No me han informado que fuera a tener el placer de verte hoy, o habría ido a la estación a recibirte yo misma. —Y besó la pálida mejilla de su joven pariente.

»¡Estás helada, querida! Ven y siéntate cerca del fuego antes de quitarte la capa. —Y condujo a Joceline a una silla baja, y ella se sentó junto al fuego centelleante, de espaldas a la lámpara.

»¡Menudo viaje habrás tenido en un día tormentoso como este! Me temo que tuviste que cambiar de tren con bastante frecuencia entre Cumberland y nuestra pequeña estación del pueblo.

Joceline Hammersley levantó los ojos con una extraña mirada incomprensiva, como si estuviera escuchando un idioma que no entendía, y en lugar de responder a su pregunta se limitó a decir:

—He hecho un largo camino, estoy muy cansada.

—No estás con fuerzas, querida, me temo, tienes un aspecto tan pálido y cansado. Es una pena que no pueda darte un poco de la fuerza que me sobra. —Y la señorita Swinford sonrió amablemente a su joven prima. No podía apartar los ojos de aquel rostro blanco y ovalado, de altas cejas marmóreas, grandes ojos oscuros y pesados párpados, nariz delicada y boca pequeña con labios demasiado pálidos para unos labios sanos.

»¡Es asombroso, totalmente asombroso! —dijo al fin—. ¿Sabes que eres la viva imagen de nuestra antepasada común Joceline Swinford? ¡Eres exactamente igual que el retrato de VanDyke de la biblioteca! ¡Debo mostrártelo!

—¡Oh, esta noche no! ¡No esta noche! —suplicó su prima.

—Muy bien entonces, no esta noche, pero a primera hora de la mañana. A la luz de las velas podría asustarte, sería como mirar el reflejo de tu cara en un espejo. Pero permíteme desabrocharte la capa, querida.

Su invitada estaba envuelta en una larga capa de seda negra, con una capucha sobre sus hermosos rizos, una prenda pintoresca que le sentaba tan bien que bien podría decirse que la pálida y silenciosa dama era una artista de la confección y lograba con éxito cuando se trataba de encontrar la prenda ideal.

—No quiero molestar —respondió ella, echándose la capucha sobre los hombros—. Mi dama de compañía me ofrecerá la ayuda que necesito.

—¡Tu dama de compañía! Querida niña, ¡qué frase tan anticuada! Pero supongo que las palabras y expresiones extrañas aún perduran en las tierras salvajes de Cumberland. Tu criada, sí, la hago llamar; te acompañaré a tu habitación, donde me temo que el fuego apenas se puede encender ya. Habría estado ardiendo todo el día de haberme informado de tu llegada con antelación.

Y la señorita Swinford abrió la puerta del salón, cuando, para su asombro, su invitada, con paso firme, como si conociera perfectamente su camino, se volvió hacia la parte antigua de la casa, que estaba llena de habitaciones vacías.

—¡Por ahí no, querida! Da a la parte en desuso del edificio, que no ha sido habitada desde los tiempos de mi abuelo, y que ahora les pertenece enteramente a los fantasmas y a las ratas. Permíteme conducirte a nuestras cómodas y modernas habitaciones, menos interesantes históricamente, pero más adecuadas a las necesidades de un viajero cansado como tú.

Y su invitada se volvió para seguirla con una expresión de decepción en su pálido rostro.

—¿No puedo ver las antiguas habitaciones?

—Claro. Te mostraré todo, comenzando por tu propio retrato, mañana por la mañana. Pero aquí está tu criada y esta es tu habitación; como cenamos dentro de media hora te dejaré ahora para que te vistas.

Y ama y criada quedaron juntas.

La criada de la señorita Hammersley no era de aspecto menos notable que su ama, con la misma palidez extrema, aunque aquí terminaba el parecido, pues el ama era hermosa y la criada, claramente, fea. Llevaba el pelo gris retirado de la frente oscura y huesuda bajo un gorro blanco ceñido. Sus ojos eran pequeños y negros, y su boca grande, con finos labios apretados. Al igual que su señora, iba vestida sin tener en cuenta la moda, con un traje oscuro de lana, cuello de lino y un largo delantal blanco. Al principio, la visión de una doncella con un gorro que un cocinero moderno desdeñaría y un delantal del tamaño adecuado para un pinche de cocina provocó rudas risas entre los criados de la señorita Swinford. Pero sus risas no duraron, y les siguió un temor inquietante, pues la señora Galt (como llamaba la señorita

Hammersley a su criada) tenía unas maneras extrañas e inexplicables, en armonía con su aspecto extraño y repulsivo.

A la mañana siguiente de la llegada de la señorita Hammersley a Eastwick Court, el sol brillaba sobre los destrozos que había causado la tormenta el día anterior, y los jardineros se afanaban en reparar los daños causados por el viento y la lluvia.

Cuando la señorita Swinford entró en la sala de desayunos, su invitada estaba paseando por la terraza, vestida con un vestido blanco ceñido, de cuello bajo y escotado, con el cuello desnudo expuesto al aire frío de la mañana. La señorita Swinford se apresuró a acercarse a ella desde la ventana abierta, exclamando:

—¡Mi querida niña, morirás de frío! Vuelve y ponte un chal sobre el cuello. ¿Sigue la moda de bajar a desayunar con un vestido escotado como lo hacía la abuela? —Y la condujo a la casa y le envolvió los hombros con un delicado chal.

—¡Qué fría estás! ¡Y el aire de la mañana no le ha dado color a tu cara!

»Mi querida niña, ¿siempre estás tan fría?

—Sí, siempre —respondió ella en voz baja. Luego añadió como si hablara para sí misma—: Sin embargo, estoy vestida de lana y protegida del viento y la lluvia.

—Bebe el café. ¡Que me das frío de mirarte! Y después del desayuno te llevaré arriba, a la biblioteca, para enseñarte el retrato de tu tocaya, y me dirás si ves el parecido contigo que me parece tan sorprendente. Es una extraña coincidencia, el vestido que llevas puesto podría haber sido copiado del vestido del cuadro. Pero ya lo verás por tí misma. —Y la señorita Swinford, encantada de tener a alguien con quien hablar, siguió charlando y no se dio cuenta de lo callada que permanecía su prima.

Después del desayuno, tomó la fría mano de Joceline en la suya y la llevó escaleras arriba.

—La biblioteca era la habitación favorita de mi padre, y no he introducido ningún cambio desde su muerte. Fue allí donde vi por última vez a tu padre, y recuerdo cuánto admiraba el retrato de Joceline Swinford. Dijo que le gustaría tener una copia, pero no la necesita mientras pueda mirarte a ti, querida. —Y la señorita Swinford abrió de par en par la puerta de la biblioteca con un triunfante «¡allí!».

Pero se sobresaltó, porque sobre la chimenea, donde colgaba el retrato de Joceline Swinford, solo colgaba el marco vacío, su dorado deslustrado en sombría armonía con el cuadrado de pared ennegrecida que había cubierto el lienzo.

La señorita Swinford tocó la campana con violencia, y corrió al pasillo para secundar su llamada con la voz.

—¡Bennet, Bennet! ¡Es de lo más extraordinario! ¡Han sacado el viejo retrato de la señorita Joceline Swinford del marco y se lo han llevado! ¡Han entrado a robar por la noche! Busca por todas partes y averigua por qué puerta o ventana se ha entrado.

Los criados se agruparon en torno a la puerta de la biblioteca, mirando el marco vacío con caras de asombro, y la señorita Swinford se sentó y rompió a llorar. Joceline le puso suavemente la mano sobre el hombro y le dijo en voz baja:

—¡No llores, te devolverán el cuadro! —Y levantando los ojos, su prima vio la misma encarnación del retrato de Joceline Swinford de pie a su lado. El chal se le había caído de los hombros, dejando el cuello al descubierto, y en el rostro, la actitud y el atuendo era tan asombrosamente parecida a la figura del cuadro desaparecido que la señorita Swinford se sobresaltó. Y los criados, que seguían asomados a la puerta, miraron desde el marco vacío a la pálida dama, y luego se miraron unos a otros con indescriptible temor.

No se pudo descubrir ningún rastro de los ladrones. No se había manipulado ninguna cerradura, cerrojo o barra en la puerta o ventana, y el cuadro estaba colgado tan alto que quien lo hubiera robado, debía haberlo hecho con la ayuda de una escalera. El superintendente de policía local vino a examinar la casa y a tomar nota de la descripción del cuadro desaparecido de labios de la señorita Swinford, que anunció una cuantiosa recompensa por su descubrimiento o por cualquier información que condujera al descubrimiento del ladrón.

—El cuadro te será devuelto —repitió Joceline.

—Me temo que no, querida. El retrato robado de la bella duquesa de Devonshire nunca ha sido recuperado, y ¿cómo puedo yo esperar recuperar mi retrato y desentrañar el misterio de su desaparición? —La señorita Swinford telegrafió la noticia de su pérdida a su abogado en Londres, y siguió con una larga carta de instrucciones. Debía enviar una descripción del retrato desaparecido a todos los comerciantes de cuadros, y se publicó un anuncio en los periódicos advirtiendo a los prestamistas que retuvieran al portador, así como el cuadro, si se les ofrecía. Y habiendo hecho todo lo que estaba en su mano para recuperar su tesoro, la señorita Swinford seguía inconsolable por su pérdida.

La excitación en la sala de los criados era intensa, y la dificultad física para soltar el lienzo del marco, un cuadro colgado a tal altura, fue algo muy comentado. Finalmente, todos estuvieron de acuerdo con el viejo Bennet cuando dio su opinión: «¡Se lo han llevado como por arte de magia!».

Solo una persona en la casa parecía indiferente a la angustia y ansiedad reinantes, y esta era la señora Galt, que iba de un lado a otro riéndose entre dientes.

Pasaron varios días en los que la señorita Swinford no hizo más que lamentar su pérdida y agotar sus conjeturas sobre cómo había podido desaparecer tan misteriosamente el cuadro. Pero ni la búsqueda ni la investigación arrojaron luz sobre el asunto. El retrato había desaparecido, sin dejar más rastro que si se hubiera desvanecido en el aire.

Su preocupación, al principio, impidió que la señorita Swinford se fijara en su invitada, como habría hecho en otras circunstancias. Pero a medida que fue preocupándose menos, observó en Joceline Hammersley un sinfín de pequeñas peculiaridades que, en conjunto, la convencieron de que no se parecía a nadie que hubiera conocido antes. No tenía la pasión y la impulsividad de la juventud, era silenciosa y reservada. Ignoraba las cosas cotidianas que sabría una niña y, sin embargo, sorprendía por su considerable conocimiento de lo más recóndito y por su familiaridad con tiempos pasados, aunque no sabía nada de la historia contemporánea. Su expresión a menudo era graciosamente anticuada. A veces también malinterpretaba el lenguaje más sencillo y necesitaba que se lo tradujeran de otra forma antes de que pareciera comprender su significado.

—¿Tu padre nunca te lleva a Londres, querida? —preguntó la señorita Swinford, pensando que era una lástima que una criatura tan encantadora no viera más sociedad de la que le ofrecía su casa de campo.

—Me llevó allí una vez, cuando yo no era más que una niña, y recuerdo que, mientras estábamos en nuestro alojamiento en Whitehall, la Reina alumbró a un hijo, y todo aquel regocijo.

—¡Mi querida Joceline, definitivamente no debes hacer uso de una expresión tan anticuada y campesina como «alumbrar»! —dijo la señorita Swinford—. ¡Solo es apto para una vieja comadrona! Puede que las señoras hablaran así hace un siglo, pero ahora no es elegante. En cuanto a la fecha de tu visita a Londres en referencia a los acontecimientos domésticos reales, deberías decir que estuviste allí cuando la Reina fue confinada.

—Pero no sería cierto —replicó Joceline, alzando los ojos oscuros y cruzando las manos sobre el regazo—, porque no fue la Reina sino su majestad el Rey el que estaba confinado en el castillo de Carisbrook. —Y suspiró con fuerza.

La señorita Swinford estaba confundida. ¿Podría ser que su bella y joven pariente estuviera ligeramente trastornada? Miró fijamente a aquellos ojos marrones de ensueño posados en ella, y simplemente diciendo «Creo que has vivido demasiado tiempo sola en el campo» cayó en un silencio reflexivo.

Aquella noche, cuando la señorita Swinford se retiraba a descansar y su criada estaba a punto de salir de la habitación, se quedó en la puerta y dijo:

—Hay algo de lo que quiero hablarle, señora, pero apenas sé cómo hacerlo, pues se trata de la señorita Hammersley.

—¿Qué ocurre, Dapper? ¿Qué tiene que decir acerca de mi prima?

—Hay algo extraño en la joven, señora, y en la señora Galt, como ella la llama, también. Son sonámbulas o algo parecido. Anoche, estaba despierta y oí pasos, me levanté, abrí la puerta, crucé la galería y miré por encima de la barandilla, y allí abajo quiénes eran sino la señorita Hammersley y su criada entrando en las habitaciones vacías de la parte vieja de la casa. A la vista las tuve con la luz de la luna a través de la gran ventana. Llevaban sus vestidos del día, no se habían desvestido para ir a la cama aunque eran más de las dos, y la señorita Hammersley lloraba y sollozaba. ¡Parecían conocer la casa en la oscuridad tan bien como nosotras a la luz del día! Me asusté y volví a la cama, y pasaría una buena media hora antes de que volviera a oírlas pasar sigilosamente hasta sus habitaciones. Pensé que sería mejor contárselo, señora.

—¡Me sorprende, Dapper! Es imposible que las dos sean sonámbulas. Pero tal vez mi prima sí, y su criada la sigue por si sufre algún accidente, o se despierta de repente y se alarma.

—Espero, señora, que si oye algo esta noche, haga el favor de levantarse para verlo por sí misma. Pondré su bata junto a la vela y las cerillas, y si me necesita, yo tengo el sueño ligero, me despertaría con que rozara la puerta.

Y Dapper se retiró, dejando a su señora profundamente inquieta.

Lo que escuchó le sugirió a la señorita Swinford muchos pensamientos desagradables. Se levantó y cerró la puerta, por si Joceline deambulaba sonámbula, para que de ninguna manera pudiera asustarla entrando en la habitación por la noche con aquellos ojos muy abiertos que no ven. Pensó en todas las peculiaridades de su prima, su extraña expresión sin vida, su mortal palidez y frialdad, su silencio y su mirada soñadora, y decidió que era muy propensa a ser sonámbula. Una vez resuelto el doloroso asunto a su entera satisfacción, la mente de la señorita Swinford volvió a su tema favorito: la inexplicable pérdida del retrato. Se durmió y tuvo un sueño en el que su prima estaba dentro del marco descolorido sobre la repisa de la chimenea de la biblioteca, diciendo: «¡Te dije que el retrato de Joceline Swinford volvería a ti!». Cuando se despertó de repente, el reloj daba las dos, y escuchó pasos suaves en la galería alfombrada.

Se puso la bata enseguida y abrió la puerta. Dapper había dejado una lámpara encendida, y a la luz de la lámpara vio a Joceline Hammersley en la galería del lado opuesto del vestíbulo, seguida de su criada, caminando hacia la puerta que daba a la parte antigua de la casa.

La señorita Swinford se apresuró a recorrer la galería que rodeaba los cuatro lados de la sala, hasta situarse cerca de las oscuras figuras que ahora habían pasado más allá de la luz de la lámpara. La señora Galt iba silenciosa, muy tiesa, pero Joceline, pálida como la muerte, caminaba con las manos juntas y gemía para sí. Dejaron la puerta abierta al entrar en las habitaciones desiertas, y la señorita Swinford las siguió sin ser percibida. Pasaron rápidamente a través de tramos de pálida luz de luna que daba a través de las ventanas polvorientas, alternando con tramos de la sombra más negra, abriendo puerta tras puerta hasta llegar a una habitación en una esquina, que daba al frente y al final de la casa. Entonces se detuvieron, y Joceline elevó el rostro que ninguna luz de luna podría volver más blanco, y gritó:

—¡Fue aquí donde murió! ¡En este lugar murió mi amor! Aquí yacía hasta que lo llevaron a su último lugar de descanso, ¡pero lejos de mí! ¡Yazgo sola en mi estrecha cama! —Y la señorita Swinford, aterrorizada y convencida de que su prima era o una loca o una sonámbula, se dio la vuelta y huyó.

No se detuvo ni miró detrás de ella hasta que se encerró en su habitación, cuando cayó medio desmayada sobre la cama.

«¡Mi pobre prima está loca! Ella ha escuchado la historia de la muerte del amante de Joceline Swinford en esta casa, y ha estado dándole tantas vueltas en la cabeza, hasta que con el peculiar temperamento que tiene se ha trastornado. Y esa extraña mujer Galt es su cuidadora, ¡ahora lo veo claro! ¿Cómo me deshago de ella? Me volveré loca si permanecemos juntas mucho más tiempo en esta vieja casa. ¿Cómo podía ella saber la habitación en la que murió el coronel Dacres? No se lo he contado, y ella no ha estado en Eastwick Court antes. ¡Qué horror, es insólito!». Y la señorita Swinford se estremeció.

Al poco oyó de nuevo pasos ligeros, y al abrir la puerta vio las tenues figuras de su prima y su criada que regresaban a su habitación. Habían dado una vuelta completa a la casa y regresaron a la galería por una escalera en desuso, cuya puerta estaba cerrada con llave. Cuando todo volvió a quedar en silencio, la señorita Swinford cruzó la galería, vela en mano, para examinar por sí misma si la cerradura había sido forzada. Pero la puerta estaba cerrada como lo había estado durante muchos años, y el papel pegado alrededor para evitar corrientes de aire estaba intacto. Sin embargo, no había otro medio de llegar al lado de la galería por el que Joceline Hammersley y la señora Galt habían regresado a sus habitaciones, excepto por esta escalera.

La señorita Swinford no durmió más esa noche, y cuando cerró los ojos, fue solo para abrirlos y asegurarse de que la cara pálida de Joceline no estaba a su lado. Finalmente, cuando la luz de la mañana llenó la habitación, apartó la cortina y miró hacia el jardín. Se sobresaltó al ver a Joceline y a la señora Galt juntas bajo la ventana. Ninguna de los dos llevaba capucha ni pañuelo con el cortante viento de la mañana, y el cuello desnudo de Joceline parecía blanco y frío como el mármol. «¡Se parece tanto al viejo retrato como si fuera la Joceline original vuelta de entre los muertos!», exclamó la señorita Swinford.

La señora y la criada miraban fijamente un lugar en el jardín, hacia el cual primero apuntaba una y luego la otra, y en el silencio de la madrugada la señorita Swinford podía escuchar cada palabra.

—¡Y digo yo, señorita Joceline, que el campo de bolos está allá!

—No, no estés tan segura. Tú estuviste aquí solo unos meses, cuando todo era tristeza y confusión, mientras que yo viví aquí durante veintitrés años, y hasta que sobrevino la cruel guerra fui muy alegre y disfruté de mi hogar. El campo de bolos estaba junto al reloj de sol, al norte del laberinto. Pero eso también ha desaparecido. Todo ha cambiado, las mismas flores tienen caras extrañas.

—¿Por qué no descansáis, señora, ya que habéis visto lo que rogasteis ver una vez más?

—Sí, descansaré. Dormiré hasta que todos despertemos juntos.

—¡Loca! ¡Loca perdida! —soltó su prima mientras bajaba la cortina y se volvía de la ventana.

El día resultó húmedo y tormentoso, y la señorita Swinford tuvo que pasar las pesadas horas dentro de la casa con su misteriosa invitada. Ahora estaba tan plenamente convencida de la locura de su prima que se sentía nerviosa en su presencia e incapaz de interrogarla sobre su misteriosa conducta. Joceline estaba, si es posible, más tranquila y más reservada que nunca. Parecía terriblemente enferma, a veces apenas consciente, y como si sus ojos oscuros se movieran con dificultad de un objeto a otro.

—Me temo que no descansaste bien anoche, pareces muy cansada —se aventuró a decir la señorita Swinford.

—No he dormido últimamente, pero pronto volveré a descansar. —Y casi parecía dormirse mientras hablaba. Solo en una ocasión mostró un verdadero interés por algo, cuando al pasar las hojas de un libro se topó con un grabado del célebre retrato de Strafford. Entonces su pálido rostro pareció irradiar luz—. ¡Milord Strafford! —exclamó—, y sin embargo, ¡qué diferente, porque ninguna imagen puede proyectar el fuego de sus ojos oscuros! ¡Oh, noble alma, que disteis la vida por vuestro rey, y sin embargo fuisteis incapaz de evitar el trágico destino!

Por fin, la tediosa jornada llegó a su fin. Las dos damas estaban sentadas en silencio en el salón, y la señorita Swinford se preguntaba cuándo partiría su extraña prima. Estaba decidida a escribir a sir Piers para decirle que el cambio al vigorizante aire del norte sería beneficioso para la salud de su hija, cuando Joceline se levantó sin hacer ruido y salió de la habitación.

«¡Cómo voy a pasar otra noche con ese extraño ser deambulando por la casa, sonámbula o loca!», pensó mirando tras ella con expresión preocupada. «¡No puedo soportar la tensión de su compañía! ¡Pasará mucho tiempo antes de que vuelva a invitar a un extraño a visitarme!». Cuando se abrió la puerta y su prima se presentó ante ella pálida como un lirio, vestida con su capa negra de viaje y su capucha, la señorita Swinford se levantó asombrada.

—Querida, ¡qué significa esto! Viniste sin avisar, ¡no puedes dejarme tan bruscamente como llegaste!

—Debo irme, me necesitan —dijo ella. Y mientras hablaba, se escuchó el sonido de ruedas pesadas acercándose a la casa. Un miedo inexplicable se apoderó de la señorita Swinford.

—Pero ¿cómo viajarás? Es demasiado tarde para cualquier tren esta noche.

—Me voy como vine. Pronto estaré al final de mi viaje. ¡Adiós, prima Katherine, y anímate, el retrato de Joceline Swinford te será devuelto!

La señorita Swinford la siguió mecánicamente escaleras abajo, donde ya la esperaba la señora Galt y los criados asomados por encima de la barandilla para observar la partida. La señorita Swinford salió al porche con su invitada, y allí estaba esperando un enorme carruaje, tirado por cuatro caballos negros. A la luz de la luna, que salía de debajo de una nube, vio que el cochero iba vestido con un estilo tan antiguo como el de su ama, y que su rostro, como el de ella, estaba mortalmente pálido.

—¡Adiós, prima, adiós! —dijo Joceline, tocando la mejilla de la señorita Swinford con sus fríos labios—, el cuadro perdido volverá a su sitio. —Y, seguida por la señorita Galt, subió al carruaje, en el que habrían podido sentarse sin problemas seis personas. Se asomó por la ventana y se inclinó ante su anfitriona con solemne formalidad.

Luego, los caballos, al trote pesado, arrastraron el pesado vehículo por la avenida hacia la carretera. La señorita Swinford, Bennet, Dapper y un par de mozos de cuadra, que fueron atraídos por el extraordinario sonido del pesado carruaje aproximándose a la casa, se quedaron boquiabiertos viéndolo partir. Ninguno de ellos podría haber expresado su miedo con palabras, y el terror que cada uno sentía era mayor por no haber sido expresado. El enorme carruaje retumbó a lo largo de la avenida, cuando giró hacia la carretera, y aun así podían escuchar el pesado sonido de sus ruedas, parecido a un vagón.

—¡Han girado a la izquierda! —gritó la señorita Swinford, la primera en romper el silencio—. Ese gran carruaje y cuatro caballos no podrán nunca cruzar el puente del arroyo. Deberían haber girado a la derecha. ¡A ver si podéis adelantarles antes de que la carretera sea demasiado estrecha para que puedan girar! —Y los mozos corrieron por un camino lateral que se utilizaba como atajo hacia la carretera. El pesado sonido de las ruedas se hizo más apagado y distante, y de repente cesó.

—¡Gracias a Dios que han parado a tiempo, ahora girarán! —dijo la señorita Swinford. Pero seguía sin oírse ningún sonido. Al poco rato, los mozos de cuadra volvieron sin aliento por la carrera, y el más joven de ellos parecía a punto de desmayarse.

»¿Landon, los detuviste a tiempo espero? —preguntó la señorita Swinford al mayor de los dos hombres.

—Ay, Dios mío, ay, Dios mío... ¡Señora, no hay carruaje ni nada que detener! Como que estoy vivo, no hay nada más que un tramo de cinco kilómetros de camino claro como el día a la luz de la luna, y ni tan siquiera una carretilla en el camino, ni un hombre ni un animal a la vista. ¡Ese gran carruaje y sus cuatro ruedas han desaparecido, como si se los hubiera tragado la tierra!

—Entre en casa, señora —dijo Dapper, sosteniendo a su ama, pues se tambaleaba como si fuera a caerse—, ¡y gracias a Dios, sea como fuere que se hayan ido, esas brujas de cara blanca al fin están fuera de la casa! —E indispuesta y llena de asombro, la señorita Swinford se dejó llevar al interior.

Cuando se hubo recuperado, dijo con su habitual determinación:

—Dapper y Bennet, venid conmigo a la biblioteca, ¡os quiero a los dos!

Y siguieron a su señora en silencio. La señorita Swinford se detuvo un instante en el umbral, luego abrió de par en par la puerta y los tres entraron en la habitación. La lámpara estaba sobre la mesa, un fuego alegre ardía en el hogar. Todo estaba en su orden acostumbrado, y Dapper y Bennet miraron vagamente a su alrededor preguntándose por qué los requería. Pero su señora señaló la pared sobre la repisa de la chimenea. Desde su marco descolorido, el retrato de Joceline Swinford los miró una vez más, como si nunca hubiera faltado de su lugar. Dapper lanzó un chillido, Bennet se quedó boquiabierto, la señorita Swinford hundió la cara entre las manos y dijo con voz trémula:

—¡Esto es espantoso! ¡Qué significa, qué puede significar!

El correo de la mañana siguiente trajo a la señorita Swinford una carta de sir Piers Hammersley, desde Carlsbad, donde él y su hija estaban alojados, disculpándose por que su carta permaneciera tanto tiempo sin respuesta, pero había sido descuidadamente pasada por alto y solo le fue remitida ese día. Se sentía muy molesto al pensar lo descortés que debió parecer. Joceline, también, estaba tan arrepentida como él mismo. Esperaba que su prima renovara su amable invitación en el futuro, para darle el placer de conocerla y de visitar el antiguo hogar de la familia.

Entonces, la extraña y hermosa muchacha que había ido y venido tan misteriosamente, cuya visita había coincidido con la ausencia del retrato de Joceline Swinford, ¡no era su prima después de todo! ¿Quién era ella entonces, o qué era ella? La señorita Swinford creía saber quién había sido su extraña invitada. Pero no se atrevió a expresar su convicción con palabras. Sus amigos la habrían tomado por loca. Guardaba el secreto encerrado en el pecho. Pero a partir de ese momento fue una mujer diferente, y en menos de doce meses el último de los Swinford fue enterrado en el cementerio familiar. Los viejos criados aún cuentan la historia de la visita de la pálida dama y de sus extraños modales, y de cómo su señora se debilitó desde la misma noche de su misteriosa partida.

EL CASO DE SIR NIGEL OTTERBURNE

Hace treinta años que terminé mi carrera en el Eastminster Hospital. Había aprobado con éxito todos mis exámenes y recibido numerosos honores en el ejercicio médico, cuando uno de nuestros médicos más célebres, el doctor Grindrod, me pidió que observara un caso importante para él, cuyo estudio me resultaría de profundo interés profesional.

El paciente del doctor Grindrod padecía de una forma desconocida de malaria, que había contraído en el extranjero, la cual había evolucionado hacia una forma extremadamente rara de fiebre intermitente, con complicaciones realmente increíbles, como nunca antes había visto en su dilatada carrera. Pero sir Nigel Otterburne vivía a tres horas de viaje de la ciudad, en Hampshire, y cuando el médico iba a verle prácticamente le quitaba un día entero de su valioso tiempo, que era más de lo que podía permitirse dedicar a un solo caso. Por lo tanto, el doctor Grindrod propuso que él mismo vería al paciente una vez por semana y enviaría a uno de los estudiantes más prometedores del hospital para que observara el caso bajo su supervisión y tomara notas médicas minuciosas de su evolución.

Yo fui el afortunado seleccionado para el trabajo, y debía ir al campo con el doctor Grindrod, llevando con nosotros a un par de nuestras enfermeras más dignas de confianza. Nunca podré volver a sentirme tan importante como lo hice ese primer día de agosto cuando asumí mi formidable tarea. El doctor y yo fuimos recibidos en la estación y nos llevaron a través de una hermosa campiña hasta Hammel, que era el nombre de la casa de sir Nigel Otterburne. Era un magnífico ejemplo de arquitectura jacobina y, al menos externamente, había sufrido pocos cambios desde hacía un par de siglos. Era un edificio de tres pisos, con altas chimeneas acanaladas y ventanas abuhardilladas en su techo alto. La fachada de la casa tenía nueve ventanas de guillotina estrechas con mucho marco en proporción al cristal. El frente de la casa, con sus alas a derecha e izquierda, formaba tres lados de un cuadrilátero, cuyo cuarto lado estaba formado por barandillas de hierro forjado, con grandes puertas en el centro.

Dejamos el carruaje fuera por miedo a molestar al paciente con el ruido de nuestra llegada, y cruzamos el amplio patio a pie. A la puerta principal se accedía por escalones poco profundos, y estaba resguardada por un ático de roble negro ricamente tallado. En la pared entre el segundo y el tercer piso había un reloj de sol, y el brillante sol de agosto proyectaba la nítida sombra del dorado reloj. El gnomon en la figura denotaba las cuatro de la tarde.

Encima de la esfera, en el centro del tejado, se alzaba una pequeña torreta coronada por una elaborada pieza de hierro, con las letras N. S. E. y O. curiosamente torcidas y una flecha brillante a modo de veleta.

Me impresionó el aspecto de la casa, señorial y acogedor a la vez. Pero me provocó una sensación de melancolía que no disminuyó cuando abrió la puerta un criado de pelo gris, quien nos condujo a través del vestíbulo panelado a un comedor inmenso y lúgubre. No había más muebles que una larga mesa con una hilera de sillas de respaldo alto arrimadas a ambos lados y un aparador de roble tallado sobre el que había una hilera de jarras de plata. Un cuenco de porcelana en el centro de la mesa, lleno de rosas y lirios blancos, impregnaba el ambiente de la habitación con su perfume. Unos cuantos retratos viejos y sombríos miraban desde sus marcos descoloridos, algunos con rostros duros y rígidos como si los hubieran pintado después de muertos.

El doctor Grindrod me había puesto al corriente de los detalles del caso de sir Nigel Otterburne durante nuestro viaje, y no teniendo nada más que decir hasta que hubiéramos visto al paciente, se quedó con las manos a la espalda, mirando el retrato de una dama sobre la repisa de la chimenea, tan pródiga en encantos que la adscribí de un vistazo a la época de Carlos II.

—Eso es lo que yo llamo una mujer magnífica —dijo el médico, agitando la mano con grandilocuencia hacia la extensión del cuello y el pecho desnudos representados en el lienzo. Pero yo hubiera preferido destinar aquellas palabras a la dama que entró en la habitación mientras él hablaba, y a la que me presentó como la señorita Otterburne. El doctor me había dicho que sir Nigel Otterburne era viudo y tenía una única hija, pero no me había dicho nada que me preparara para la aparición de una criatura tan asombrosamente bella.

Nunca había conocido a una mujer que me fascinara e interesara tanto a primera vista. La señorita Otterburne no era ninguna niña. Se hallaba al comienzo de la plenitud de su belleza femenina, y poseía un porte digno y altivo. Me cubrió con una mirada de sus hermosos ojos oscuros, e hizo una reverencia inclinándose tanto que resultaba casi una burla para un joven como yo. Era alta y delgada, de una tez de color marfil, con rasgos finos y sensibles, y una masa de cabello oscuro que llevaba recogido en un moño alto. Iba vestida con una tela suave de color crema, y las mangas le llegaban solo hasta el codo, mostrando al máximo sus manos y brazos bellamente formados.

—Le prometí, señorita Otterburne, que traería a uno de nuestros estudiantes del hospital para que observara el caso de sir Nigel por mí —dijo el doctor Grindrod—. No debe desconfiar del señor Caxton porque sea joven. Posee una experiencia en el hospital que muchos hombres mayores envidiarían. Él me enviará notas diarias del estado del paciente. Acudiré yo mismo una vez por semana, y podrá telegrafiarme ante cualquier emergencia. Sin duda, mi querida jovencita, puedo asegurarle que sir Nigel está en buenas manos. —Y el doctor Grindrod sonrió, e intentó adoptar un tono ligero y desenfadado. Pero la señorita Otterburne permaneció impasible.

—Quiera el cielo que tenga razón —dijo en un tono gélido, y nos condujo escaleras arriba hasta la habitación del paciente. Mientras caminaba erguida ante nosotros, había en su porte y aspecto algo que me recordaba a alguna distinguida francesa de la época de la Revolución, y pensé cuántas cabezas orgullosas como la suya habían caído de sus blancos hombros bajo la guillotina.

La habitación de sir Nigel era oscura y deprimente, la cama donde yacía era lúgubre con pesadas colgaduras, y me juré mentalmente que lo sacaría de allí y lo llevaría a una habitación más alegre en menos de veinticuatro horas. Y si en la casa no hubiera una cama ligera y sin dosel, encargaría una al hospital como las que usamos para nuestros pacientes.

Sir Nigel Otterburne yacía en un estado semicomatoso cuando lo vi por primera vez, y juzgué que tenía unos sesenta y dos o sesenta y tres años de edad. Era alto y delgado, y al contemplar su rostro vi de un vistazo de dónde había sacado la señorita Otterburne sus finos rasgos. Su cabello y bigote eran gruesos y grises, y parecía lo que era, un soldado. En sus intervalos lúcidos había una dignidad y una contención en sus modales que me recordaron de nuevo a su hija.

El médico local, el señor Walton, estaba presente en la habitación; un hombre de buen humor y aspecto rústico, más parecido a un granjero que a un médico, pero que, aunque aparentemente parecía poco profesional, por suerte para mí tenía menos celos de lo habitual en la profesión. Lejos de molestarse al verme instalado en la casa para vigilar el caso de su distinguido paciente para el doctor Grindrod, expresó su aprobación por un arreglo que le aliviaba de tanta responsabilidad. Pero no dijo nada ante la señorita Otterburne, y vi que ella ejercía sobre él la misma influencia represiva que yo mismo sentía con tanta fuerza. Si bien cuando estuvimos de nuevo en el comedor, mientras yo recibía las últimas instrucciones del doctor Grindrod, el señor Walton dijo, sirviéndose una copa de jerez:

—No creo que yo solo hubiera podido reanimar a sir Nigel. No he tenido la oportunidad de estudiar las fiebres palúdicas. Pero si ustedes, caballeros, consiguen curar al paciente, compartiré los honores, y si se les escapa de las manos, la señorita Otterburne no podrá reprochármelo, pues nada podría esperarse de mí donde el doctor Grindrod fracasó.

—¿Cree que la señorita Otterburne se lo reprocharía si el caso no tuviera un buen final? —pregunté.

El señor Walton miró a su alrededor para comprobar si la puerta estaba cerrada, vació otro vaso de vino antes de hablar y dijo en voz baja:

—La señorita Otterburne es la señorita Otterburne, y sería poco profesional cotillear sobre cualquier miembro de la familia de mi paciente. Los ojos y los oídos abiertos, y la boca cerrada en Hammel, es mi consejo.

Cuando se marchó el doctor Grindrod subí a hacer los preparativos para mi primera noche a cargo de sir Nigel. Me habían asignado una pequeña habitación que acompañaba a la del paciente y me acerqué a la ventana para contemplar las vistas. Mis ojos no se habían posado nunca sobre una escena tan apacible. Justo frente a la casa, delimitada a cada lado por sus alas salientes, estaba el gran patio, con sus amplios bordes de hierba bañados por el sol, y más allá de la verja de hierro y de las altas puertas se veía una extensión de campo ondulado densamente poblado con árboles llenos de hojas en el período estival. En la cima de una suave pendiente, a unos cuatrocientos metros de distancia, se alzaba una iglesia gris con una torre cubierta de hiedra, y el sol del atardecer brillaba en la veleta.

Cuando vi que la enfermera de noche comenzaba sus tareas,

salí a dar un paseo al aire libre, saliendo de la casa por una puerta situada al fondo del vestíbulo. Me encontré en un jardín anticuado con terrazas de césped y setos de tejo recortados. Pensé que estaba solo en el jardín, cuando de repente vi el vestido claro de la señorita Otterburne, blanco y fantasmal en la creciente penumbra, y en un momento nos encontramos cara a cara en el camino. Me quité el sombrero y me hice a un lado para que ella pasara, y sentí que la sangre me subía a las mejillas. Podría pensar que me estaba entrometiendo en su intimidad y siguiéndola en su paseo vespertino. La señorita Otterburne no aceleró su paso al pasar junto a mí. Me miraba con grave intensidad. Pero sus ojos estaban vacíos de expresión, como los de quien camina dormido. Vi cómo su majestuosa figura se alejaba entre los pasajes que se oscurecían y escuché cómo se cerraba la puerta al entrar en la casa. Me sentí helado y desconcertado, no sabría decir por qué; pero no correría más el riesgo de parecer entrometerme en la privacidad de la señorita Otterburne.

A las once, la señorita Otterburne entró en la habitación de su padre para darle las buenas noches. Apenas la reconocía, pero me pareció que sonreía débilmente cuando ella le apretó la mano, o tal vez fue el parpadeo de la luz de la lámpara en su cara lo que confundí con una sonrisa.

—Espero que sir Nigel tenga una noche tranquila —dije.

—Sus noches siempre son tranquilas —respondió concisa.

—Y aun así no ha recobrado fuerzas en las cinco semanas que ha permanecido aquí.

—Nunca lo hará —dijo con el mismo tono neutro.

—Usted habla con más seguridad, señorita Otterburne, de la que cualquier médico se atrevería a tener. Una enfermedad como la de sir Nigel no es necesariamente mortal. No lo sabemos...

—Pero yo lo sé —y su voz se convirtió en un susurro—. Es inútil que se quede aquí. Mi padre nunca saldrá de esta casa con vida.

—Es un error hablar así —dije con firmeza—. Y si sir Nigel la está escuchando, le debe estar causando un dolor intenso.

No hubo ni una línea que se suavizara o cambiara en su hermoso pálido rostro.

—Mi padre ya lo sabe —dijo, y abandonó la habitación, dejándome desconcertado por su actitud.

Dormí poco durante mi primera noche en Hammel. Mi mente estaba tan ocupada con el caso de sir Nigel que iba con frecuencia a ver a mi paciente y a observar cualquier cambio en su estado, por leve que fuera. También alentó mi obstinación la afirmación de la señorita Otterburne de que su padre moriría, por la forma en que ignoraba todo lo que la habilidad médica pudiera hacer por él. Su actitud era la de una persona que expresaba un destino profundamente triste que le había sido impuesto contra su voluntad y que, sin embargo, creía que era irrevocablemente cierto.

—¡Si la sentencia de ese hombre no viene del cielo, vivirá! —exclamé—. ¡Y a esa criatura guapa y obstinada se le enseñará que puede equivocarse!

Hecha mi resolución, traté de dormir, pero lo intenté en vano. El profundo silencio del campo después del bullicio de Londres tuvo sobre mí el mismo efecto que el ruido tiene sobre quienes están acostumbrados a la tranquilidad, y me mantuvo desvelado. Y de vez en cuando me sobresaltaban los chillidos de los búhos, que parecían gritos de niños aterrorizados perdidos en la oscuridad.

Por fin llegó el amanecer, y me levanté para entrar en la habitación de sir Nigel. Esta vez estaba consciente, y al tomarle el pulso susurró:

—¿Han venido?

—Sí —respondí, suponiendo que aludía a mí y a las enfermeras—. Vinimos ayer, y trataremos de aliviarle todo lo que podamos.

Pero suspiró con gesto impaciente, cerró los ojos y apartó la cabeza de mí. Era inútil volver a acostarme, así que me vestí, y el reloj marcaba las cuatro cuando abrí la ventana y me asomé para disfrutar de la frescura del aire de la madrugada. Para mi gran sorpresa, la señorita Otterburne también estaba mirando por su ventana, en el centro del ala derecha de la casa. Retrocedí de inmediato, pero ella no me había oído subir la hoja de la ventana; no miraba en mi dirección. Sus ojos oscuros, como en trance, miraban fijamente la entrada del patio, o la iglesia en lo alto de la ladera herbosa. Desde luego, no miraba a ninguna parte de la casa. Estaba terriblemente pálida, y sus ojos mostraban la misma mirada vacía que había notado en ellos la noche anterior.

Durante más de un cuarto de hora, la señorita Otterburne permaneció inmóvil, y no sé cuánto tiempo pudo estar en la ventana antes de que yo la viera. Estaba envuelta en una túnica blanca y su cabello oscuro caía en ondas sobre sus hombros, pero su rostro no era el de una mujer viva. Era probable que tuviera que atender a dos pacientes en la casa. Y sentí un gran alivio cuando por fin se retiró de la ventana y la perdí de vista.

Aquel día llevé a cabo mi propósito con respecto a sir Nigel. Lo trasladamos a una pequeña cama y lo llevamos a una sala de estar luminosa y alegre en el mismo piso, una habitación que sugería una vida agradable y llena de luz con tanta claridad como el oscuro y lúgubre dormitorio había sugerido la muerte. Estaba seguro de que el paciente apreciaría el cambio, que sería beneficioso para él. Pero para mi decepción, no pareció notarlo, y no produjo ningún efecto en su condición física. Le oí murmurar para sí mientras yacía:

—No cambiará nada; no cambiará nada.

También resultaba extraño que la señorita Otterburne no pareciera interesarse por el traslado de su padre a un lugar más alegre. Sin embargo, tenía la aprobación del doctor Grindrod por lo que había hecho, y estaba contento.

—¿Qué tal se lleva con la señorita Otterburne? —me preguntó de repente el médico en una de sus visitas, cuando ya llevaba más de una semana en la casa.

—Lo mismo me podría preguntar qué tal me va con aquel cuadro en la pared —le respondí—. Aunque creo que es la mujer más guapa que he visto en mi vida.

—¿Eso cree? ¡Mmmm! No es mi estilo; prefiero carne y hueso. —Y el doctor Grindrod lanzó una mirada en dirección a la dama Carlos II, y pasó a hablar de asuntos puramente médicos.

Cuando llevaba quince días atendiendo cada hora a sir Nigel, empecé a darme cuenta no solo de que mi paciente no progresaba, sino también de que yo no progresaba con mi paciente. No esperaba un vivo agradecimiento por su parte. Pero habría sido agradable que hubiera habido alguna señal de reconocimiento, por su parte o por la de su hija, de que estaba haciendo todo lo posible por él. Imagino que me consideraba como un sirviente cuyas atenciones eran indispensables para su comodidad, pero con el que no podía familiarizarse. No me molestaba, a veces incluso me divertía, porque nunca considero a un enfermo en la categoría de las personas cuerdas, y no me sentiría más insultado por un convaleciente que por un loco. Esta excusa, sin embargo, no valía para la señorita Otterburne, y yo estaba cada vez más desconcertado con su conducta.

Todas las mañanas, al amanecer, si me asomaba, me la encontraba apoyada en el alféizar de la ventana, contemplando con trágica melancolía; no estoy seguro que contemplara un objeto tangible, sino algo que se presentaba a su visión mental.

No solo no gané terreno con sir Nigel y su hija, sino que la vieja ama de llaves y el mayordomo, aunque perfectamente corteses conmigo, se mostraron ambos sumamente reservados. A veces, el ama de llaves mantenía conmigo una breve conversación sobre el estado de su amo, que consistía principalmente en suspiros y sacudidas de cabeza, y una vez el mayordomo llegó a observar: «¡El señorito Raymond deseará no haberse enemistado con su padre cuando se marchó a la India!». Así pues, sir Nigel tenía un hijo, cosa que yo ignoraba, y además parecía que padre e hijo habían tenido alguna disputa o malentendido.

Mientras tanto, no había forma de disimular el hecho de que mi paciente no dejaba de apagarse. El doctor Grindrod aprobó todo lo que hice para llevar a cabo sus instrucciones al pie de la letra, pero nada de lo que pudimos hacer sirvió para detener el curso descendente, y nos devanamos los sesos buscando tratamientos y remedios que mantuvieran al enemigo a raya. La enfermedad no estaba siguiendo un curso normal. Las complicaciones inesperadas surgieron en un período inusual en su progreso, y cuán interesante se volvió para mí la batalla entre la fuerza de la enfermedad y el poder de la ciencia, solo un entusiasta de la profesión médica puede decirlo. Rara vez salía de la habitación del paciente. Solo cuando dormía me atrevía a dejarlo una hora a cargo de una enfermera mientras yo salía a dar un paseo al aire libre.

Un atardecer, cuando llevaba casi un mes en Hammel, cerré suavemente la puerta principal y, cruzando el patio, salí al parque y me dirigí hacia la iglesia, en la ladera cubierta de hierba. Estaba agotado y alterado; caminaba con la cabeza descubierta para que la brisa fresca soplara sobre mis sienes acaloradas. Odiaba sentirme desconcertado. Había estado tan seguro de la victoria, y ahora me encontraba cara a cara frente a la derrota. La señorita Otterburne obtendría un triste triunfo. Después de todo, ella estaría en lo cierto y yo, equivocado. Repasé en detalle todos los acontecimientos de las semanas anteriores. Estaba convencido de que todo lo que la ciencia médica podía hacer por sir Nigel, en el punto al que había llegado entonces, se había hecho y se seguía haciendo por él. Pero reflexioné —con una aplastante sensación de impotencia— sobre el poder imbatible de la fuerza contra la que estaba luchando. Yo, un ser finito, medía mis fuerzas con la muerte, vencedora del hombre. La batalla era terriblemente desigual. Estaba seguro de que sería derrotado. Incluso si el paciente se recuperaba, en el mejor de los casos sería solo un aplazamiento, y tarde o temprano tendría que volver sobre sus angustiosos pasos hacia aquel destino del que yo me esforzaba con todas mis fuerzas por hacerlo retroceder.

Entré en el cementerio de la iglesia con el mayor desánimo. No solo se trataba de la pérdida anticipada de mi paciente lo que me pesaba; eso era solo un elemento más en el cómputo incalculable de la miseria humana. En su muerte vi la condena de todos los hijos de Adán: la muerte de toda la raza humana. Estaba a punto de desear haberme muerto antes de abrazar una profesión que me enfrentaba constantemente a un terrible hecho elemental de la naturaleza, al que la mayor habilidad del hombre es incapaz de hacer frente.

La puerta de la iglesia estaba hospitalariamente abierta y entré en su fresca penumbra. Aquí se encontraban las tumbas de los Otterburne, desde la época en que el enterramiento intramuros era una costumbre universal hasta el periodo actual, en que una lápida o monumento conmemorativo es todo lo que se permite dentro de la propia iglesia. Pensé en lo pronto que sir Nigel se contaría entre sus antepasados, y estaría tan alejado de nosotros, que aún vivíamos, como sus antepasados lo estaban de él ahora.

De pronto oí un profundo suspiro y, sobresaltado, me volví y vi a la señorita Otterburne cerca de mí, pero casi oculta por una gran columna contra la que se apoyaba. Sus ojos oscuros estaban fijos y muy abiertos y con la mirada vacía que había notado en ellos cada mañana temprano mientras miraba desde su ventana. Le hablé y, cuando escuchó mi voz, las pupilas de sus ojos se dilataron como si el crepúsculo se hubiera acentuado a su alrededor.

—Señorita Otterburne, si hay algo que desee decirle a sir Nigel, le aconsejo que aproveche su próximo intervalo de conciencia. Me apena verme obligado a decir esto, pero no tengo elección. Debo decirle la verdad.

—Sí, pronto vendrán. Lo sé —dijo con un ligero estremecimiento.

Pensé que divagaba y, sin hacer caso de su incoherente respuesta, continué:

—Daría mi vida, señorita Otterburne, si pudiera prolongar la vida de alguien tan querido para usted.

Pero ella miró más allá y a través de mí, como si estuviera penetrando en el futuro, y la oí decir:

—Cuando vengan, sabrá que tenía razón.

Y se deslizó como un fantasma fuera de la oscura iglesia hacia la luz ámbar del atardecer. Su actitud me inquietó profundamente, y deseé que la señorita Otterburne no estuviera tan sola; que su hermano de la India estuviera en casa para asumir su parte de responsabilidad y consolar a su hermana. Me apresuré a volver a la cama de mi paciente y, sabiendo que sería imposible dejarlo esa noche, me senté a copiar mis notas del caso para mi uso privado. Alrededor de las once en punto sir Nigel se recuperó ligeramente. Le administré un potente reconstituyente y envié a la enfermera a buscar a la señorita Otterburne de inmediato. Cuando entró en la habitación, le dije:

—Si quiere estar a solas con su padre, me quedaré fuera, cerca de la puerta.

Inclinó la cabeza en señal de asentimiento, y los dejé juntos. Permanecí esperando en mi propia habitación, escuchando la voz de la señorita Otterburne claramente audible, hablaba bajo y sonaba apremiante. Luego, cuando sir Nigel volvió a caer en la inconsciencia, habló un poco más alto, y la oí decir: «Padre, ¿no perdonarás a Raymond?». Y luego todo quedó en silencio.

Volví a entrar en la habitación y la señorita Otterburne estaba arrodillada junto a la cama de su padre. Había estado llorando, y vi que debajo de la armadura del orgullo y la reserva había un tierno corazón de mujer. Pero mi regreso fue la señal para que ella se fuera, y ella salió de la habitación apresuradamente, como disgustada de que yo hubiera sido testigo de su emoción.

Miré a mi paciente moribundo con más pesar del que hubiera creído posible sentir por un hombre que, en sus cortos intervalos de conciencia, siempre me había tratado como a un extraño. Desde luego, no sentía ningún afecto por sir Nigel, pero me impresionó lo conmovedor de la situación. Allí yacía, necesitado, como cada uno de nosotros, del perdón divino y humano, pero incapaz de pedirlo por sí mismo o de concedérselo a otro, incluso cuando era su hija la que se arrodillaba llorando a su lado, implorando perdón por su hermano.

Lentamente pasó la noche, y lentamente murió el paciente. Noté que la temperatura disminuía, el pulso fallaba, y le apliqué los reconstituyentes que antes habían podido reanimarlo, aunque ahora habían perdido su virtud. Pero el corazón seguía latiendo, y de vez en cuando un suspiro se escapaba de sus labios.

No había nada más que pudiera hacer. Pero para no dejarme ningún recurso sin probar, le pedí a la enfermera que trajera de mi habitación una almohadilla inflable, que la inflara y me la pasara. Si levantaba la cabeza del paciente por medio de ella, era posible que sintiera un alivio momentáneo, aunque no fuera consciente de qué lo causaba.

Miré mi reloj. Eran las cuatro en punto, y la luz grisácea del amanecer brillaba a través de las cortinas. Me preguntaba si la señorita Otterburne estaría en su ventana, según su extraña costumbre, cuando la puerta se abrió rápida y silenciosamente y ella entró en la habitación como yo la había visto a menudo a esa hora, vestida con una holgada bata blanca y el cabello oscuro colgándole sobre los hombros. Había una palidez mortal en su rostro. Ni miró a su padre moribundo, sino que exclamó en un tono que me heló la sangre:

—¡Han venido, han llegado!

Se acercó a la ventana, descorrió las cortinas, dejó entrar la fría luz del amanecer y se quedó mirando el patio con las manos juntas. Estuve a su lado un instante.

—Han venido, han venido. ¡Sabía que vendrían! Y oí el esfuerzo que hizo para hablar con una lengua seca por el terror.

En el patio de abajo, justo enfrente de la ventana, había una extraña y silenciosa multitud de hombres, mujeres y niños, que nos miraban a la débil luz de la mañana con caras de muertos. Y aunque se apretujaban y se agolpaban en el camino de grava, no se oía ni un ruido.

No soy un hombre supersticioso, y en aquellos días mis nervios eran de acero. Pero allí de pie me tambaleé, y la sangre corrió a mi cabeza sonando como un repique. Vi muertos de hace siglos y muertos de ayer, hombres de barba gris que lucharon en las guerras civiles, jóvenes y doncellas que nunca fueron nuestros contemporáneos en esta vida, y niños pequeños, todos mirándonos con los rostros vueltos hacia arriba. La señorita Otterburne volvió a hablar como se habla en una pesadilla, con gran esfuerzo y dificultad.

—Los conozco. Los vi cuando vinieron a buscar a mi abuelo, y cuando fueron a buscar a mi madre. ¡Oh, madre! ¡Madre! ¡Estás ahí! —Y se inclinó hacia adelante en agonía, y miraba con fija y tensa expresión a una forma delgada que se deslizaba a través de la multitud fantasmal y elevaba sus ojos tristes a los suyos. A su lado estaba un hombre alto con uniforme, cuya cara blanca nunca olvidaré, y solemnemente agitó su mano hacia nosotros—. ¡Oh, cielos! ¡Mi hermano Raymond está con ellos! —chilló la señorita Otterburne, y se desplomó en el suelo inconsciente, en el momento en que sir Nigel daba su último aliento. Me apresuré a buscar un cojín y lo coloqué bajo su cabeza, y luego me volví una vez más hacia la ventana. Pero el patio estaba absolutamente vacío, no había rastro de su reciente ocupación.

No podía haberme ausentado de la ventana ni un par de minutos, y la instantánea desaparición de la espantosa muchedumbre sacudió mis nervios tanto como lo había hecho su visión. No había ni una marca en la hierba sin pisar y cubierta de rocío. Ni un guijarro desplazado en el ancho camino de grava que había estado tan lleno un momento antes. En el lugar donde la figura alta se había parado y nos había saludado con la mano, había un gato sentado, lamiéndose las patas, y oí el gorjeo irregular de los primeros pájaros que se despertaban.

Me sentí físicamente mal y, apartándome de la ventana, me serví y tomé una fuerte bebida que devolvió una calma artificial a mis nervios. En ese momento regresó la enfermera. No había estado ausente de la habitación más de cinco minutos.

—El paciente está muerto y la señorita Otterburne se ha desmayado —dije—. Ayúdeme a costarla en el sofá.

Nunca en toda mi experiencia he visto a nadie en un desmayo tan profundo. La enfermera y yo sentimos un alivio indescriptible cuando por fin dio señales de recobrar el conocimiento, aunque temí lo que pudiera decir cuando se recuperara. Le di un calmante que le asegurara unas horas de descanso y la encomendé al cuidado de su criada.

Llamé de inmediato al médico de familia, que había visto a sir Nigel la noche anterior, para informarle de la muerte del paciente. Fue inquisitivo en extremo sobre todos los detalles posibles, y parecía ansiar información sobre algo que no se atrevía a preguntar directamente.

—¿Hubo alguna circunstancia de carácter inusual en la muerte? —preguntó ansioso.

—Fue el final normal de una enfermedad como la de sir Nigel —respondí con cautela.

—Y la señorita Otterburne, ¿cómo soportó el impacto?

—Tuvo un fuerte desmayo y permaneció inconsciente durante media hora. Parece sentir su pérdida de forma aguda.

El señor Walton convino conmigo en que era mejor que yo permaneciera en la casa hasta el día siguiente, para hacer los preparativos necesarios para el funeral y escribir a los parientes de la señorita Otterburne, cuyos nombres y direcciones me facilitó el mayordomo, para evitar que su ama fuera molestada. El anciano se volvió casi hablador para ser una persona tan taciturna.

—Muertos y muertos de la familia hasta llenar el cementerio de la iglesia —dijo—. El mismo suelo fue una vez de carne y hueso Otterburne, y no queda nadie de esta rama salvo la señorita Otterburne y el mayor en la India, que ahora es sir Raymond. Hay unos cuantos primos en el norte, y una hermana viuda del amo, y les gustará venir al entierro, aunque solo sea para ver dónde serán enterrados ellos mismos cuando les llegue la hora, pues todos los Otterburne son traídos aquí para ser enterrados.

—¿Se quedará alguna de las damas de la familia con la señorita Otterburne hasta que su hermano regrese de la India? —dije, y como era la primera pregunta que había hecho, el anciano me lanzó una mirada sospechosa, reanudó su actitud poco comunicativa y cambió el tema de la conversación.

Al mediodía, yo había enviado a las enfermeras de vuelta a Londres. Luego quedaban la larga tarde y la noche para ordenar mis distraídos pensamientos y poner los nervios en orden para volver al deber de los quehaceres diarios. No podría olvidar ni por un instante el horror de aquel amanecer. Vi, tan claramente como veo ahora la pluma con la que escribo esta narración, la multitud fantasmal con los rostros muertos y vueltos hacia arriba que nos miraban, y las palabras y el grito de la señorita Otterburne aún resonaban en mis oídos. Cualquiera que fuera la visión fantasmal, ambos la habíamos visto. Si solo una persona lo hubiera visto, yo mismo, no me habría convencido de que había sido real. Habría creído que había sufrido una terrible alucinación. Pero ambos lo vimos a la vez. Y la señorita Otterburne lo había visto dos veces antes, y cada vez en las mismas circunstancias espantosas. No había duda de que había sido tan visible para nosotros como lo son los objetos naturales. No era una imagen evocada por separado en nuestros cerebros.

Confieso que me sentí tan desconcertado que no pude volver a asomarme a aquella ventana, ni pude pasar mi última noche en Hammel en ninguna habitación de la parte delantera de la casa. Le pedí al ama de llaves que me diera una cama en una de las habitaciones traseras.

Me lanzó una mirada peculiar y me dijo:

—No le interesa una habitación que dé al patio, y no le culpo por ello. Pero no tiene por qué preocuparse ahora, señor; no volverán hasta que sean enviados.

Hice frecuentes consultas durante el día sobre la señorita Otterburne. Pero no pedí verla, tan temeroso estaba del efecto que mi presencia podría tener al recordar el horror que habíamos presenciado juntos. Lo último que hice por la noche fue enviarle un mensaje diciéndole que volvería a la ciudad por la mañana, y que esperaba que mandara a buscarme si podía serle de la más mínima utilidad. Pero ella no me requirió, y me retiré por la noche a una pequeña habitación trasera en el segundo piso. Dormir estaba fuera de discusión. No me desnudé, sino que me senté a fumar pipa tras pipa y a tratar de leer, hasta que cuando llegó el alba gris un gran terror se apoderó de mí, y temblé como un hombre en un ataque de agonía. Me despreciaba por mi debilidad. Pero el sentimiento estaba fuera de mi control.

Al final, cuando la luz del día inundó la habitación, me arrojé sobre la cama y caí en un profundo sueño que debió de durar horas, y del que me despertaron unos fuertes golpes en la puerta.

—¿Quién es? —dije, poniéndome en pie, y los golpes se repitieron de nuevo. Corrí hacia la puerta y la abrí. El viejo mayordomo estaba delante de mí pálido y tembloroso.

—La señorita Otterburne desea verlo, señor, en su sala de estar.

—Dígale que estaré con ella enseguida. —Y me apresuré a ponerme presentable para estar en presencia de una dama, y bajé a la habitación de la señorita Otterburne, donde su criada me esperaba con cara de susto. No dijo nada, pero abrió la puerta de la habitación de su ama. Entré, y ella la cerró tras de mí.

La señorita Otterburne estaba de pie junto a la mesa con una carta abierta en la mano. No la reconocí. Su pelo se había vuelto blanco en las últimas veinticuatro horas, y había un extraño brillo en sus ojos. Me entregó la carta y dijo:

—Fue Raymond el que vimos con ellos; yo lo sabía.

Leí la carta. Era muy breve. Unas pocas líneas escritas a toda prisa por un amigo del mayor a sir Nigel, contándole la muerte de su hijo, de cólera en Meerut hace un mes, y prometiéndole todos los detalles en el próximo correo. Al comprender lo que significaba, sentí que me mareaba. La habitación se oscureció repentinamente para mí, y busqué a tientas una silla como un ciego. La señorita Otterburne soltó una carcajada, la risa chillona de la locura, que me hizo volver en mí en un instante por la extrema compasión que sentía por ella.

—¿Por qué finge estar sorprendido? Sabía que Raymond estaba muerto tan bien como yo; ambos lo vimos. ¡Oh, estaba feliz! Todos eran una alegre compañía; ¿por qué habríamos de estar tristes? —Y la pobre señora se reía de una manera tan espantosa que hubiera podido derramar lágrimas de sangre de escucharla. Fue la última vez que vi a la señorita Otterburne. Veinte largos años siguió viviendo en Hammel en un estado de locura irremediable, sin peligro para sí misma ni para los demás mientras se le permitió permanecer allí. Pero si se intentaba llevarla a otro lugar, su locura se volvía incontrolable.

—No sabrían dónde encontrarme —decía—. Solo pueden venir a buscarme aquí, y quiero que los alegres caras pálidas vengan por mí. —Y su furia daba paso a una risa terrible.

Todos los días, al amanecer, se levantaba para mirar por la ventana que daba al patio. Pero una mañana no lo hizo, y su asistente se sintió agradecida al encontrar a la señorita Otterburne plácidamente muerta, en el vigésimo aniversario de la muerte de su padre.

CLÁSICOS EN ESPAÑOL

Esperamos que haya disfrutado esta lectura. ¿Quiere leer otra obra de nuestra colección de *Clásicos en español?*

En nuestro Club del Libro encontrarás artículos relacionados con los libros que publicamos y la literatura en general. ¡Suscríbete en nuestra página web y te ofrecemos un ebook gratis por mes!

Recibe tu copia totalmente gratuita de nuestro *Club del libro* en rosettaedu.com/pages/club-del-libro

ROSETTA EDU

CLÁSICOS EN ESPAÑOL

Una habitación propia se estableció desde su publicación como uno de los libros fundamentales del feminismo. Basado en dos conferencias pronunciadas por Virginia Woolf en colleges para mujeres y ampliado luego por la autora, el texto es un testamento visionario, donde tópicos característicos del feminismo por casi un siglo son expuestos con claridad tal vez por primera vez.

Oscar Wilde escribe una sola novela, *El retrato de Dorian Gray*; ésta fue el objeto de una crítica moralizante mordaz por parte de sus contemporáneos que no pudieron ver que dentro de una trama perfectamente compuesta se escondía toda la tragedia del romanticismo. Cien años después no ha perdido su impacto original y sigue siendo un texto fundamental para los debates sobre la estética y la moral.

Otra vuelta de tuerca es una de las novelas de terror más difundidas en la literatura universal y cuenta una historia absorbente, siguiendo a una institutriz a cargo de dos niños en una gran mansión en la campiña inglesa que parece estar embrujada. Los detalles de la descripción y la narración en primera persona van conformando un mundo que puede inspirar genuino terror.

rosettaedu.com

EDICIONES BILINGÜES

En una atmósfera constante de misterio y amenaza, *El corazón de las tinieblas* narra el peligroso viaje de Marlow por un río (sin duda el Congo aunque no es nombrado en el relato) africano. Lo que el marino puede observar en su viaje le horroriza, le deja perplejo, y pone en tela de juicio las bases mismas de la civilización y la naturaleza humana.

Durante décadas, y acercándose a su centenario, *El gran Gatsby* ha sido considerada una obra maestra de la literatura y candidata al título de «Gran novela americana» por su dominio al mostrar la pura identidad americana junto a un estilo distinto y maduro. La edición bilingüe permite apreciar los detalles del texto original y constituye un paso obligado para aprender el inglés en profundidad.

En *La señora Dalloway* Virginia Woolf relata un día en la vida de Clarissa Dalloway, una señora de la clase alta casada con un miembro del parlamento inglés, y de un ex-combatiente que lucha contra su enfermedad mental. La innovación de la novela es la corriente de consciencia: Woolf sigue el pensamiento de cada personaje, siendo excelente a la hora de narrar emociones, asociaciones y sentimientos.

rosettaedu.com